# 罪なき子

小杉健治

双葉文庫

目次

# 罪なき子

# 第一章　死刑囚の子

## 1

初秋の陽光が注ぎ、爽《さわ》やかな風がそよぎ、行き交うひとに笑顔が多い。土曜日の午前中で、上野《うえの》公園はかなりの人出だった。

ＪＲ上野駅公園口の改札からたくさんの乗客があふれ出て、東京文化会館や国立西洋美術館も混雑をしていた。

「いい気候になったからね」

弁護士の水木《みずき》邦夫《くにお》は事務員の戸田《とだ》裕子《ゆうこ》と共に『ボストン美術館の至宝展』が開催されている東京都美術館に向かうところだった。

若い頃はよく妻の信子《のぶこ》と上野公園に来たものだ。

美術館や博物館、それに動物園もある。独身時代のデートの場所でもあった。

水木は亡き妻を思いだして国立博物館のほうに目を向ける。信子は国立博物館の建物が好きだった。特に好きなのが表慶館《ひょうけいかん》で、混雑している館内で展示物を見るより、庭のベンチに座って建物を眺《なが》めているほうを好んだ。

若い頃を思いだしていると、

「何か」

と、裕子が声をかけた。

「えっ？」

「にやついていらっしゃったので」

「そう。なんでもない。さあ、行こう」

あわてて笑みを引っ込め、水木は裕子と東京都美術館に足を向けた。

上野動物園もパンダに赤ちゃんが生まれたこともあって、門の前に長蛇の列が出来ていた。

東京都美術館のほうにもたくさんのひとの流れが出来ていた。ふたりもその流れに乗って東京都美術館の門を入り、前庭に出る階段を下りかけたとき、前方から絶叫が重なって聞こえた。

何か東京都美術館の玄関前で異変が起こったようだ。

「見てくる」

裕子に言い、水木は前に行こうとしたが、人の流れが止まっていて、容易に進めそうにもなかった。

悲鳴が続けて上がった。前のほうから列が乱れてきた。

水木ははっとして、前方に目をやった。

今度は近くで悲鳴が上がった、刃物を振り回しながら、フードをかぶったパーカーの男が走ってきた。

何か異変を察したが、逃げまどうひとたちに押され、水木は身動きがとれず、パーカーの男を見逃した。

それより、前方で何か起きたらしい。だが、前に行くことは出来ないどころか、前のほうのひとたちがひき返してくる。

「近づけそうもない」

水木は裕子をかばうようにして門の外に出た。

「何があったんでしょうか」

裕子が不安そうにきいた。

「パーカーの男は刃物を持っていた。誰かが刺されたのかもしれない」

水木は表情を曇らせた。

やがて、救急車とパトカーがやって来て、騒然とした。さらに、続々と警察車両が到着した。

右腕を押さえた中年の男が救急隊員に付き添われ、救急車に乗り込んだ。命に関わるような傷ではなさそうだった。

しかし、現場にはまだ怪我人がいるかもしれない。

マスコミの車が到着した。記者たちが美術館の庭に向かった。やがて、テレビ局のクルーがやって来た。頭上にヘリコプターが現れた。

水木はテレビ局の人間らしい男に声をかけた。

「どういう状況なんだね」

「はっきりわかりませんが、ふたり死んだそうです」

「ふたりも」

男は現場のほうに走って行った。

「死者が出たとは……」

水木は暗い顔になった。フードをかぶったパーカーの男は刃物を持って逃げ回っているのだ。

さらに、犠牲者が出るかもしれないと、心配した。

「ともかく、ここにいては邪魔になる」

周囲に野次馬《やじうま》がたくさん集まっていた。

「残念だけど諦めましょう」

裕子は落胆して言い、

「なんで、大勢ひとがいる場所で……」

と、疑問を口にした。

「そうだな。襲うならもっと人目につかないところでと思うが……。それとも、館内で喧嘩《けんか》になって相手を刺したのか」

しかし、それならなぜ凶器を持っていたのか。

そのとき、警察官が数人、東照宮《とうしょうぐう》のほうに走り出した。

やがて、「容疑者、確保」という本部に連絡する声が聞こえた。

水木が事件の詳細を知ったのは、松戸《まつど》にある自宅に帰ったあとだった。テレビのニュースは無差別殺人と報じていた。

あのあと、国立博物館に寄り、精養軒《せいようけん》で食事をとり、五條天神《ごじょうてんじん》の脇から不忍池《しのばずのいけ》に出た。だが、事件が頭から離れずゆっくり楽しむことが出来なかった。それで、早々と松戸の自宅に裕子と共に帰ってきた。

さっそくテレビを点けた。上空からの上野公園が映っていて、やがて大勢の人間でごった返している東京都美術館の前が映し出された。

裕子もテレビの画面に見入った。

ニュースによると、きょうの午前十一時過ぎ、東京都美術館のロビーでソファーに座っていた中野《なかの》区在住の景浦仙一《かげうらせんいち》が突然、ロビーをうろついていたフードをかぶったパーカーの男に刃物で胸と腹を刺された。

パーカーの男は出口に向かう途中、駆けつけた警備員牟田徹《むたとおる》の腕を刺して、館内に入ってきた港《みなと》区高輪《たかなわ》の金子《かねこ》さやかの胸と背中を刺して、さらに男を制止しようとした入館者の津波松三《つなみしょうぞう》を切りつけ、周囲が騒然とする中を逃走した。

救急隊員が到着したとき、すでに景浦仙一と金子さやかは絶命していた。警備員牟田徹と津波松三は軽傷だった。

その後、東照宮の石灯籠の陰で、フードをかぶったパーカーの男が血糊《ちのり》のついた刃物を持ってうずくまっていたのを付近を捜索していた警察官が見つけた。

警察官が事情をきくと、自分が刺したと容疑を認めた。男の名は千葉県習志野《ならしの》市に住む片瀬陽平《かたせようへい》二十八歳、先月千葉市内のアルバイト先をやめさせられて無職だった。

殺された景浦仙一は私立東欧《とうおう》大学の教授で、四十八歳。中野区の自宅には妻と大学生の息子と娘がいた。大学でも人気の教授で、愛妻家としても評判だったという。

もうひとりの金子さやかは三十二歳。一年前に夫の公太《こうた》を事故でなくし、現在はアパレル会社の事務をしていた。

片瀬陽平と景浦仙一ならびに金子さやかにつながりはまだ見いだせなかった。

警察での取り調べに対して、片瀬陽平は犯行の動機をこう述べた。

「死刑になりたかったので、殺す相手は誰でもよかった」

附属池田《いけだ》小事件、土浦《つちうら》連続殺傷事件などの無差別殺人と同じように、片瀬も死刑になりたかったという動機を述べているのだ。

しかし、片瀬陽平がほんとうのことを話しているのかどうかはまだわからないと、水木は思った。はじめから景浦仙一、あるいは金子さやかを殺すつもりだったのかもしれない。ふたりとの関係はこれからの調べではっきりするだろうが、もし殺意があったのだとしたら、なぜそれを隠すのか。

本人は逃げようとしなかった。捕まる覚悟なら真の動機を話してもいいように思える。それとも動機を隠したかったのか。隠したい動機があることが理解出来ない。となると、やはり、死刑になりたいために事件を起こしたのか。

死ぬならなぜひとりで死なないのだ。自分で死ぬのが怖いのか。道連れが欲しいのか。自殺するのに、なぜ、罪もない他人を犠牲に出来るのか。

この身勝手な動機を口にする容疑者に怒りを覚えながらも、水木は片瀬陽平がなぜ死刑になりたいのか、そのことに興味を持った。

片瀬陽平に病院の通院歴があるのかどうかはこれからの調べをまたねばならないが、警察の発表では、片瀬陽平は奇妙な言葉を発したり、異常な行動をとるようなことはないということだ。

ひとはほんとうに死刑になりたいために無関係の人間を殺せるのか。ひとを平気で殺せる人間が、なぜ自分で死ぬことが出来ないのか。なぜ、自死の手段が死刑なのか。

この事件から、今後も起こりうるかもしれない、この種の動機による犯罪の予防につながる何かを見いだせるかもしれない。そんな気がした。

月曜日、新橋烏森口《しんばしからすもりぐち》にある事務所に出た水木は弁護士会の事務局に電話を入れ、片瀬陽平が弁護人をどうしたのかを調べてもらった。

しばらく経って折り返し電話があった。片瀬陽平は弁護人をつけないということだった。冤罪《えんざい》を疑うものではないので当番弁護士も派遣していない。

現在、片瀬陽平は上野中央署に逮捕・勾留され、さきほど地検に身柄を送られたという。

地検では水木と司法研修所時代の同期だった笹村《ささむら》弁護士の息子秀樹《ひでき》が捜査検事になっている。

昼休みに、水木は東京地検の笹村検事に電話をかけた。

「水木です」

「えっ、水木さんですか。ご無沙汰《ぶさた》しております」

笹村検事は三十七歳になる。

「二年振りだ」

「ええ、父が亡くなったときでしたから」

笹村弁護士は二年前に大腸ガンで亡くなった。水木の妻信子が急逝《きゅうせい》する前だった。

笹村は葬式をせず、遺骨は散骨して海に流した。墓もなく、したがって一周忌や三回忌の法要もなかった。

「君の活躍振りは耳にしているよ」

水木は親友の倅《せがれ》に言う。

「私のほうこそ、水木さんのことは噂《うわさ》に聞いています。そういえば、奥様が……」

「うむ。それより、ちょっとききたいんだが」

信子の話を避けるように、水木は話を進めた。

「なんでしょう?」

「きょう送検された上野の殺傷事件の容疑者のことなんだが」

「片瀬陽平ですね」

「うむ。片瀬の担当は?」

「私です」

「そうか。ちょうどよかった。こんなことを検事である君に頼むのは気が引けるのだが、お父さんとの誼《よしみ》で聞いてもらいたい」

「わかりました。仰《おつしや》ってください」

「片瀬陽平は弁護人をつけないようだが、私に弁護をさせてもらえないかきいてもらいたい。弁護料をもらうつもりはないと」

「そこまでして、どうしてですか。片瀬に冤罪の可能性はありませんよ。現場近くで逮捕され、自分でも犯行を認めています」

「わかっている。私は死刑になりたいから犯行に及んだという片瀬の心理が知りたいのだ。検察官として君も片瀬の心の闇に迫れるだろうが、私は弁護人として片瀬に寄り添って心の闇に迫りたいのだ」

水木は訴えた。

「わかりました。明日、片瀬がやって来たとき、話しておきます」

「ありがとう」

水木は電話を切った。

窓辺に立ち、新橋駅に向かうひとの流れを見ながら、信子のことを思いだした。

朝、出かけるとき、いつものように信子は元気に見送ってくれた。その日の午後、裕子から携帯に電話があった。信子が救急車で病院に運ばれたというものだった。

電話で話している最中に、信子が頭が……と言ったきり、電話の応答がなくなったという。

くも膜下出血だった。手術も出来る状態でなく、三日後に息を引き取った。

妻信子の突然の死に、水木はなにをする気力も起きず、食事さえ満足にとれず、そのまま朽《く》ち果てていくのを待つだけになっていた。

水木はK大工学部を卒業して某大手電機メーカーに就職。そこでコンピュータ技師をしていた。

だが、何か違う、今の仕事は自分が求めているものを授けてくれない。機械相手ではなく、もっと人間と接したい。そう思うようになっていたときに、たまたま書店で司法試験の合格体験記を目にした。

そこには苦しくても挑戦する姿が生き生きと描かれていて、合格の向こう側にある弁護士という職業に憧れを抱いた。

だが、水木は悩んだ。法律の勉強をしていない自分が司法試験に通るか。それより、まず自分が弁護士になりたいという思いが本物かどうか。そのことを確かめるために、毎日五時間の勉強を三カ月続ける。その課題を自分に課したのだ。好きなら、ほんとうに弁護士になりたいのなら、それをこなせる。もし、出来なければ弁護士になるのは無理だ。

その結果、毎日五時間の勉強を三カ月やり切った。法律の勉強は苦痛ではなく、楽しかった。自分が弁護士の道を目指す気持ちは本物だと確信し、信子に相談した。

高校時代の同級生で、大学を卒業と同時に結婚した信子は小学校の教師になっていた。会社をやめて本格的に司法試験を目指したいという身勝手な願いを、信子は快く受け入れてくれた。司法試験を目指し、そして水木が晴れて弁護士になるまでの間の生活は信子が支えてくれたのだ。

居候、弁護士を経て、ここに事務所を構えて独立すると、信子は教師をやめて事務所が軌道に乗るまで、無償で事務員として働いてくれた。

水木が弁護士になれたのも、そして活動を続けてこられたのもすべて信子のおかげだった。子どもがいないぶん、ふたりは寄り添うように仲がよかった。

六十五歳を過ぎたら、信子とふたりで豪華客船で世界を一周する。それが、水木の信子に対する感謝の気持ちだった。

だが、その感謝の気持ちを実行に移すことは出来なかった。

信子の死はあまりにも突然だった。いきなり、目の前から信子がいなくなった。家の隅々まで信子の温もりが残っている。

ドアを開ければ、信子が立っていそうな気がした。豪華客船による世界一周のパンフレットに見入っている姿が瞼《まぶた》の裏に焼きついている。

水木は自分の中で築き上げたものが崩れていくような気がした。それは信子とふたりで築き上げたものだ。

だが、水木は立ち上がった。心の中に生き続ける信子が背中を押してくれたのだ。

あなたは弁護士よ。あなたを必要としているひとがいる限り、そのひとのために闘って。私も陰ながら応援しているわ。信子がそう言っているような気がした。

再び、水木は立ち上がった。そして、今、水木は片瀬陽平に寄り添おうとした。

なぜ、死刑になりたいためにひとを殺したのか。

そんな身勝手な人間の弁護がどこまで出来るのか。

今後、この手の犯罪が増えていきそうな風潮に歯止めをかけるためにも、ぜひ片瀬陽平と接触したかった。

二日後、笹村検事から事務所に電話があった。

「片瀬陽平に話しました。了解をとりつけましたよ。弁護士選任の仕方を教えておきました」

「ありがとう。でも、よく応じてくれたね」

「水木先生の実績と人柄を話したら興味を持ってくれたようです」

「君の宣伝か」

「いえ、ほんとうのことを話したまでです」

笹村はそう言ってから、

「水木さん、これはもうマスコミが調べてテレビのワイドショーで取り上げているので、ご存じかと思いますが」

と、声をひそめた。

「いや。なんだろう」

水木は受話器を耳に当てたまま首をひねった。

「じつは片瀬陽平の父親は十四年前に死刑になっています」

「死刑と言ったかい？」

水木は耳を疑った。

「はい。十四年前に死刑が執行されて……」

「父親は何をしたんですか」

「強盗殺人です」

「強盗殺人……」

「事件は二十二年前に練馬《ねりま》で起きています。強盗殺人の主犯が宗像武三《むなかたたけぞう》当時三十二歳でした。これ以上の詳しいことはお話し出来ませんが、ワイドショーで騒いでいます」

「そう……」

笹村は取り調べで得た情報ではなく、マスコミが知っていることなので話してくれたのだ。

電話を切ったあと、水木は深くため息をついた。

片瀬陽平は死刑囚の子だった……。心の闇はさらに奥が深そうだと、水木は胸が締めつけられそうになった。

2

水木は上野駅前の昭和《しょうわ》通りを横断し、浅草《あさくさ》通りから少し入ったところにある上野中央署までやって来た。

玄関前にはマスコミの人間が大勢たむろしていた。水木に気づき、さっと何人かが近付いてきた。

「弁護士の水木先生ですね」

「私は取材を受ける覚えはありませんが」

水木はとぼける。

「今、この所轄での重大な容疑者といえば、無差別殺人の片瀬陽平ですが、それ以外に誰かが捕まっているのですか」

片瀬陽平は弁護人をつけないという警察発表があったから、記者は水木と片瀬陽平を結びつけていないようだ。

「必要なら、あとでお話しいたします」

そう言い、水木は上野中央署の玄関を入った。

受付の警察官に名刺を渡し、

「私は弁護士の水木と申します。こちらで勾留されている片瀬陽平の依頼で弁護人になろうとしています。本人に面会したいのですが」

と、頼む。

受付の警察官はすぐ刑事課に電話を入れた。

電話を切って、

「片瀬陽平はまだ取り調べ中で、もう少し待ってくださいということです」

「そうですか」

事前に電話を入れてあったのだが、三十分ほど待たされて、ようやく刑事課の香島保《かしまたもつ》警部補が現れた。四十前と思われる目つきの鋭い男だ。

「どうぞ」

水木は香島警部補のあとについて接見室に向かう。

「逮捕後、弁護人選任権について説明しようとしたら、片瀬陽平は弁護人はつけないと言っていたんです。弁護士は信用できないそうです。なので驚いているんですよ」

「弁護士を信用できない理由について何か言ってましたか」

「いえ、何も。ただ、父親の事件と絡んでいるとは思います。父親が死刑になったのは弁護士のせいだと逆恨みをしているのかもしれませんね」

「……」

「水木先生」

香島警部補は接見室の前で立ち止まった。

「片瀬は先生を何かに利用しようとしているかもしれませんよ。その点は十分に気をつけてください」

「利用？」

「じつは、死刑になりたいからひとを殺したと言っていることから、念のために精神鑑定医に片瀬の言動などを見てもらったんです。すると、鑑定の必要はないと言われました。つまり、精神は正常だそうです」

香島警部補は厳しい顔つきで、

「だから、かえって何か魂胆があるのではないかと勘繰ってしまうのです。では、こちらでお待ちください」

と言い、接見室の前から離れて行った。

水木は接見室に入った。

たとえ、何らかの形で利用しようとしているのだとしても、水木は片瀬に近付かねばならないと思った。

ガラスの仕切りの手前の椅子に座って待っていると、ガラスの向かいの部屋に看守係に連れられて若い男が入ってきた。

通話孔のついたガラスの向かいに座って、男は頭を下げた。

「片瀬陽平くんだね」

水木は呼びかけた。

「はい」

片瀬は顔を上げた。細面で頬《ほほ》が落ち窪《くぼ》んでいるので頬骨が突き出ているのが目立つ。目はまるで闇のように暗かった。

「検事さんから聞いたと思いますが、私があなたの弁護人になります。よろしいですか」

「はい。でも、なぜ」

片瀬は低い声できく。

「あなたが、なぜ、このような犯行に及んだのか、私の目で見、考え、あなたをここまで追い込んだものが何か探りたいのです」

「そうですか」

「逆に、私からお尋ねしますが、最初はその気がなかったのに、検事さんから言われたとはいえ、なぜ弁護人をつけようと?」

「検事さんの話を聞いていて、水木先生なら信用出来るかと思って」

その言い方が気になった。

「弁護士を信用していなかったのですか」

「はい」

片瀬はきっぱりと言った。

「なぜ？」

「……」

片瀬は俯《うつむ》いた。

「きょうは詳しい話をお聞きする時間がありませんが、これだけは教えてください。あなたは、死刑になりたいからひとを殺したと自供したそうですが、そのことに間違いはないのですか」

「間違いありません」

「死にたかったのですか」

「いえ。死刑という形で死にたかったのです。先生、私の心は歪《ゆが》んでいると思いますが、病気ではありません。精神鑑定は時間の無駄です」

「わかりました」

片瀬陽平に異常は見受けられない。心は歪んでいるというのは、死刑囚の子どもという境遇からきているということだろうか。

なんとなく、片瀬陽平の狙いがわかるような気がした。単に死刑になりたいからひとを殺したのではなく、自分が死刑になることで世間への復讐を果たそうという思いが片瀬にはあるのではないか。

このことは追い追いきき出していけばよい。ともかく、きょうは弁護士の選任届を渡すことが目的だ。

看守係が顔を覗かせ、接見時間の終わりが迫っていることを告げた。

「それでは、選任届に私が署名押印したものを渡しますから、あなたの署名と指印をして看守係に出してください」

水木は片瀬に言う。

「わかりました」

「それから、誰か親しいひとに連絡をとったり、何かを伝えたりしたいことはないかね。あれば私が会ってきます」

「いえ、私には身内もなければ、親しい人間もいません」

「わかりました」

水木は接見室を出た。

受付に寄り、水木が署名押印した弁護人選任届を差し出し、

「これに、片瀬陽平の署名と指印をもらってください」

と、頼んだ。

水木が玄関を出ると、まだマスコミの人間がたむろしていた。

上野からJRで新橋に戻り、烏森口の事務所に帰って来た。

水木は事務員に図書館でコピーしてきてもらった新聞と週刊誌の記事から片瀬陽平の父親の事件を調べた。

事件が起きたのは平成七年二月十日の夜十一時ごろ。練馬区豊玉北《とよたまきた》七丁目の村《むら》越《こし》医院から悲鳴のようなものを聞いた隣家の主人が様子を見に行くと、玄関から出てきたストッキングを頭からかぶった三人組に遭遇。隣家の主人はひとりに鉄パイプで襲われかかったが、大声を張り上げたため、三人はそのまま駅のほうに逃走。

その後、知らせを受けて駆けつけた警察官が村越医院に入ってみると、居間で院長の村越道也《みちや》と妻淳子《じゅんこ》が頭部を殴られ殺されていた。その後、金庫から三百万円が盗まれていたことがわかった。

村越医院では新しい医療機器の支払いのために三百万を用意していた。その金を狙っての犯行と思われた。

三百万は近くの信用金庫の職員が医院まで届けた。その際に、院長の村越は不用意に三百万を明日支払うのだと患者がいる前で話していたことが、朝になって出勤した看護師の証言でわかり、その時間にきていた患者について、警察は内偵した。その患者の中に、片瀬陽平の父親宗像武三がいたのだ。

苗字《みようじ》が違うのは事件後、陽平は母の叔母の養子に入ったからだ。宗像武三の子どもであることを隠すためだ。

当時、宗像は働いていた家電販売店を営業成績が悪くて辞めさせられていて無職だった。その上、サラ金に借金があり、その返済期限が迫っていた。

また、宗像にはスナックで知り合った仙波太一《せんばたいち》と米田進《よねだすすむ》というふたりの友人がいた。このふたりは事件後、新宿のキャバクラで豪遊しており、また隣家の主人が目撃した犯人と背格好が似ていたことから、任意で事情をきいたところ、あっさり犯行を認めた。そして、ふたりの自供から強盗殺人の主犯宗像武三を逮捕し、事件発生から三週間後に犯人検挙に至ったのだ。

当時、宗像武三には同い年の妻晴香《はるか》と六歳になる子どもがいた。夫であり父である武三が逮捕されてからの母子の暮らしは想像に余りあるだろう。

裁判で、主犯の宗像武三は死刑、仙波太一は無期懲役、米田進は懲役二十二年の判決だった。

宗像武三は控訴をしたが、第二審でも死刑判決は覆ることなく、事件発生から八年後に死刑が執行された。

宗像武三の子どもは名前を変えて別人として暮らしていたが、常に死刑囚の子という運命から逃れられなかったのかもしれない。

片瀬陽平と会って気になったのは、彼が弁護士に対して不信感を持っていたことだった。彼が接した弁護士といえば、宗像武三の弁護人であろう。

週刊誌の記事に、宗像武三の弁護人の名が出ていた。宗像武三は裁判で、村越夫妻を殺したのは仙波太一だと主張した。ところが、仙波太一と米田進はふたりとも宗像武三の仕業だと証言。犯行はすべて宗像武三の主導で行われており、宗像武三が殺したと考えるほうが自然であると裁判長は考えたようだ。

この宗像武三の法廷での発言に対して、週刊誌の記者は弁護人にきいている。弁護人は東京第一弁護士会の河合貞一《かわいさだかず》弁護士だった。

同じ弁護士会所属だが、数えるほどしか会ったことはない。柔和な顔をした男だが、見かけによらず、どぎつい手法を使う弁護士だという噂を聞いたことがある。

週刊誌の取材に、河合弁護士はこう答えている。「私としては本人の言い分を尊重するしかありません」と。

この回答からは、河合弁護士は宗像武三の言葉を信用していないように思える。もし、信じていたら、もっと別な言い方になったのではないか。「宗像武三は殺していません」とはっきりと言うのではないか。「仙波太一と米田進が示し合わせて宗像武三に殺人の罪をかぶせようとしている」

そういう可能性を口にしたのではないか。

片瀬陽平が弁護士に不信感を抱いているのはそのせいかもしれない。が、そのことより、事実はどうだったのだろうか。

村越夫妻を殺したのは宗像武三か、仙波太一か。しかし、裁判で宗像武三の犯行と断定されたのであり、いまさら詮索《せんさく》しても意味はない。宗像武三は死刑になり、仙波太一は服役しているのだ。

水木は再び弁護士会の事務局に電話をし、河合貞一弁護士の事務所の住所と電話番号を調べてもらった。

「お待たせしました。事務所は西新宿《にししんじゅく》ですね。電話番号は……」

水木はメモをとった。

礼を言い、電話を切ったあと、河合弁護士の事務所に電話を入れた。

「はい、河合貞一法律事務所です」

事務員の声がした。

「東京第一弁護士会の水木と申します。河合先生はいらっしゃいますか」

「はい、少々お待ちください」

しばらく待たされて、野太い声が聞こえた。

「はい。河合です」

「水木です」

「水木先生ですか。これはお珍しいことで」

河合はわざとらしく驚いたように言う。河合は水木より十歳ぐらい若い。

「じつは、私は上野の東京都美術館で起きた無差別殺人事件の片瀬陽平の弁護人になることになっています」

「ほう、片瀬陽平の……」

「片瀬陽平をご存じですね」

「ええ、宗像武三の倅らしいですね」

「そうです。二十二年前、河合先生が宗像武三の弁護をしたそうですね。その事件のことで先生に話をお聞きしたいと思いまして」

「昔のことですからね」

河合はうんざりしたように言う。

「もし裁判資料が残っているのなら、見せていただければ……」

「あるかどうかわかりません。あっても、資料室に山積みの書類の下にあると捜すのも骨です」

「では、覚えている限りのことで、お話を聞かせていただけませんか」

「そうですね。わかりました。では、事務所までご足労願えますか」

「もちろんです」

「じゃあ、きょうなら四時過ぎに小一時間ほど空いてます」

「わかりました。お伺いします」

水木は事務所の場所を聞いて電話を切った。

水木は四時ちょっと前に西新宿のビルの五階にある河合貞一法律事務所の看板が出ている部屋の戸を押した。

受付があって、若い女性の事務員がすぐ立ち上がった。

名乗る前に、

「水木先生ですね」

と、事務員は確かめた。

「そうです」

「どうぞ」

事務員は水木を奥の執務室に案内した。途中、若い弁護士がふたり、机に向かっていた。居候弁護士だろう。

執務室の扉をノックし、事務員は戸を開けた。

「水木先生がいらっしゃいました」

事務員は水木を中に招じた。

水木が入ると、正面の大きな執務机に向かっていた河合が立ち上がった。

「お忙しいところを申し訳ありません」

「いえ、どうぞ」

河合は応接セットのソファーを勧める。

低いテーブルをはさんで向かいあった。河合は以前に見かけたときより、髪の毛が後退し、額《ひたい》がだいぶ広くなっていた。

「水木先生は、なぜ片瀬陽平の弁護人になったのですか」

河合がきいた。

「死刑になりたいからという動機が気になりましてね。最近、やたらと、目につきませんか。今後、このような風潮が流行《はや》ることが心配なんです」

「確かに、死にたい輩《やから》は自分ひとりで死ねばいい。まったく無関係なひとを殺すことなどもっての外です」

河合は顔を歪めて、続ける。

「それだけ、ひとの命が軽くなっているということでしょうか。そもそも、通り魔殺人など、ほとんどが自暴自棄《じぼうじき》になっての犯行です。自殺をする勇気がないんですかねえ」

「不思議です。自殺をする勇気はないくせに、他人は平気で殺せる。わかりません。ほんとに死刑になるためには何人も殺す必要があるわけですから、こんな風潮が罷《まか》り通ったら、一度事件が起これば、たくさんの犠牲者が出ることになります」

水木は懸念を示す。

ノックと同時に扉が開き、事務員がお茶を運んできた。

「ありがとう」

水木は礼を言う。

「死刑になりたいという人間は死刑制度にもの申したいという感じではないようですね。この手の事件で、議論になるのは、死刑になりたくて事件を引き起こした被告人を死刑にするのは、かえって被告人の願いを叶えてやることになり、死刑の持つ応報の意味がなくなるという意見が……」

河合はさっきからこの手の話に時間を割き、まるで本題に入らせまいとしているような邪推《じゃすい》が生じた。

そんな議論をしに来たのではないので、

「もともとは無差別殺人が起こる社会の矛盾《むじゅん》が存在するのではないでしょうかね。片瀬陽平の場合は、おそらく父親が死刑囚だということからくる社会的差別が根底にあるような気がするのです」

水木は本題に話を持っていった。

「その父親なのですが、三人が強盗に押し入り、宗像武三のみが死刑になりましたね。これはどうしてなのでしょうか」

「宗像武三が村越医院の院長夫妻を殺したからです」

「法廷で、宗像武三は殺したのは仙波太一だと訴えたそうですね。この訴えが裁判長に聞き入れてもらえなかったのは、なぜですか」

「宗像武三が主犯だからですよ。犯行は宗像が仙波と米田を誘って行われたのです。村越医院に当夜金があることを知っていたのは宗像ですからね」

「では、河合先生も、宗像の訴えには信憑性《しんぴょうせい》がないと思っていたのですね」

「仙波と米田のふたりが、宗像武三が殺したと言ってましたからね」

「ふたりが口裏を合わせていたという疑いはなかったのですか」

「ありません。それに、宗像は村越院長に正体を見破られたようなのです。ストッキングをかぶって顔を隠していましたが、体の特徴から患者の宗像だとわかったのです。だから、殺したのです」

「それは、誰の証言ですか」

「仙波と米田です」

「宗像は何と言っていたのですか」

「見破られていないと言ってました。死刑だけにはなりたくないと必死のようでした」

「仙波と米田はどういう関係だったのですか」

「ふたりは同じ会社の同僚です。解体業です」

「では、口裏を合わせる可能性は十分にありますね」

「さっきも言いましたように、主犯は宗像です。宗像が計画し、ふたりは言われた通りに動いただけです」

「仙波は無期懲役、米田は懲役二十二年。この差はなんだったのですか」

「米田は見張り役なのに比べ、仙波は金庫を開けさせるなど積極的に動いていたんです」

河合は壁の時計に目をやった。

「すみません、そろそろ、出かけなくてはならないんです」

「そうですか。ところで、仙波太一の弁護人はどなただったんですか」

「財部《たからべ》先生です」

「財部先生？　確か何年か前にお亡くなりに……」

財部一三《かずみ》は弁護士会の副会長を務めたことがある重鎮だった。

「八十二歳でした。もう弁護士を引退し、悠々自適に暮らしていたのですが
……」

河合はしんみり言う。

「確か、河合先生は財部先生の事務所にいらっしゃったのでは？」

「ええ。イソベンでした」

河合は立ち上がった。

水木は礼を言い、河合の事務所をあとにした。


翌日、水木は上野中央署に行った。

さすがにきょうはマスコミの数は減っていた。

受付で名乗ると、すぐに刑事課に連絡をとってくれた。

香島警部補が出てきて、片瀬陽平の弁護人選任届を寄越した。片瀬陽平の署名と指印がしてあった。

水木はその用紙を鞄《かばん》に仕舞《しま》い、

「接見は出来ますか」

と、きいた。

「さっき、取り調べが終わりました」

香島が何か言いたそうだったので、水木は待った。

「いまさら余計なことですが、片瀬に弁護人は必要ないようですよ。すべて、素直に喋っていますし、第一死刑を望むと訴えているのですから弁護の余地はないようです」

「事件から数日経ちましたが、まだ死刑のことを口にしていますか」

「ええ。最初から態度は変わっていません。ですが、先生が妙な入れ知恵をして死刑うんぬんを言わなくなったら、急に供述も変えてきそうです」

香島はそのことを心配しているようだった。

「妙な入れ知恵なんかしません。それに、警察としては、片瀬が全面否認をしても有罪を保てるような証拠を揃えておけばなんら問題はないはずですが」

「それはそうですがね」

香島が苦笑し、

「ただ、我々としては水木先生の登場が無気味なんですよ」

と、口にした。

「無気味？」

「ええ、水木先生は今まで数多くの冤罪事件を解決してきた弁護士さんです。そんな先生が片瀬陽平の弁護人になったというので、上司があわてましてね。この事件に何か裏でもあるのではないかとすっかり浮足だってしまいました」

「心配無用ですよ。私は片瀬がなぜ死刑になりたいために殺人を犯したのかに興味があるのです。その心の闇を取り除いてやりたいだけなんです」

「そうですか」

香島は安堵したように笑みを浮かべ、

「どうぞ、接見室でお待ちください」

と言い、引き上げて行った。

ガラスの仕切りの手前の椅子に座って待っていると、看守係に連れられて片瀬が入ってきた。

通話孔のついたガラスの向かいに座った片瀬に、水木は声をかける。

「弁護人選任届を受け取りました」

「弁護費用は払えませんよ」

「わかっています」

「なぜ、そんなにしてまで私の弁護人になろうとするのですか」

「君がなぜ死刑になりたいと思ったのか、それを知りたいんだ」

「そんなことわかりきったことです。私にはこの世に生きる場所がないんです。気持ちの問題を言っているのではありません。現実に、生きる場所がないんです。なぜだと思いますか」

挑戦するような目を向けた。

「死刑囚の子だからだね」

水木ははっきり口にした。

「加害者家族の悲惨さは大きな問題だ。犯罪は被害者やその家族だけでなく、加害者家族をも地獄に追いやる」

水木はやりきれないように言う。

「君が人生で追い詰められていたことは十分にわかる。生きていけないから死を選ぶ。いいか悪いかは別として、その気持ちは理解出来る。しかし、なぜ死ぬのに死刑でなければならないのだ？」

「父親が死刑囚だとしても、私は犯罪者じゃない。それなのに、この社会では差別されるのです。自分は何も悪くないのに死ぬ以外にないんです。でも、自分で死ななければならないのは理不尽です。社会が私を邪魔にしているなら社会が私を抹殺すべきです。社会にその機能がない以上、国家が代わって私を殺すのが筋だと思います」

片瀬は水木の目をまともに見て訴えた。

確かに、言っていることはふつうの人間の理解を越えているが、支離滅裂な言葉ではなかった。

「社会が加害者家族に死を宣告したも同然だから、国が代わって君を殺すべきだというのだね」

「そうです」

「でも、そのために犠牲になったひとはどうなのだ？　何の罪もないのに、ある日、突然命を断たれるのだ」

「……」

「景浦仙一と金子さやかを知っているね。景浦仙一は私立東欧大学の教授で、奥さんと大学生の息子と娘がいるそうだ。金子さやかは一年前にご主人を事故でなくしたばかりの女性だ。このふたりを犠牲にしてまで、君は死刑になりたかったのか」

水木は思わず口調を強めた。

片瀬は俯いたまま、

「可哀そうなことをしたと思っています」

「ほんとうにそう思っているのか」

「はい」

「謝罪するつもりがあるなら、代わりにご遺族に会ってこよう。金子さんもご両親はご健在だそうだ」

　水木は提案した。

「いえ、先生。すみません。謝罪はしません」

　顔を上げ、片瀬はきっぱりと言った。

「なぜ？」

「私に無事に死刑判決が出たとき、改めてお手紙ででも謝罪させていただきます。今の私には死刑判決が出るかどうかが問題なのです。遺族に謝罪をして、情状面で考慮されたりするのが困るのです。先生」

　片瀬がガラスの仕切りに額をつけるように身を乗り出して、

「弁護士は被告人の利益のために闘ってくれるんですよね。先生、お願いです。私に死刑判決が下されるような弁護をしていただけますか。私はそのために、先生に弁護人になっていただこうと思ったのです。先生なら、被告人のために全力を傾けてくれると思ったからです」

「……」

　水木は啞然《あぜん》として片瀬の顔を見つめた。

　片瀬は先生を何かに利用しようとしているかもしれませんよ。そう言った香島警部補の声が蘇《よみがえ》る。

水木がいい返そうとしたとき、片瀬は立ち上がっていた。

## 3

陽平は接見室から留置場に戻った。

二十二年前も父はこのように留置され、強盗殺人の取り調べを受けたのだ。二十二年後に、息子が同じ目に遭うなど、あんたは予想もしなかったろうと、陽平は心の中で咎《とが》めるように言う。

水木弁護士がなぜ自ら弁護人を買って出たのか最初は気になった。担当の検事が言っていた弁護士としての実績や人柄などから、時間をかけて陽平の気持ちを変えてみようという魂胆で近付いてきたのかと思った。

だが、自分の気持ちは何があっても変わらない。裁判で死刑判決を受けねばならない。だったら、そのために水木弁護士に働いてもらいたいと思った。

陽平にとって微かな不安は、この事件でふたりしか死んでいないことだ。死刑を確実にするためにはもうひとり死んでくれたほうがよかったが……。ともかく、水木弁護士には死刑判決が下されるような弁護をしてもらう。そのための弁護人だった。

ひと殺しの子、死刑囚の子という評価はずっと張りついていた。それは、あの日にはじまったのだ。

あれは三月になったばかりの寒い日だった。その頃、練馬のアパートに父と母と陽平の三人で住んでいた。

その日は陽平の六歳の誕生日で、テーブルには陽平の好物のハンバーグや鳥の から揚げが並べられていた。

誕生日祝いに買ってもらったゲーム機が、陽平の脇に置いてある。ずっと前から欲しかったものだ。

父も母も、陽平が喜ぶ姿を見て仕合わせそうに笑っていた。

夕食の膳を囲んで、父がビールを呑みはじめたときに突然、玄関のチャイムが鳴った。

なぜか、父がびくっと体を震わせたのを記憶している。母が出て行きドアを開けた。すぐ不審そうな顔で戻ってきた。

「警察……」

母は声を途中で止めた。陽平を気づかったのだろう。だが、陽平の耳には警察という言葉がはっきり届いていた。

「心配するな」

父は陽平に言い、立ち上がった。

陽平は箸を置いて、父のあとについて玄関に向かった。凍《い》てついた風が吹き込んできた。戸口にふたりの男が立っていた。目つきの鋭い顔に、陽平は思わず母の背中に顔を隠した。

「宗像武三さんですね」

顎《あご》の尖《とが》った顔の男がきいた。

「はい」

父が消え入るような声で答えた。

男は陽平に気づくと、父を廊下に連れ出した。母が立ち尽くしている。

しばらくして、父が部屋に戻った。

「ちょっと出かけてくる」

父の声が震えていた。着替えてセーターの上にコートを羽織《はお》った。

「陽平、すぐ帰ってくるからな。先に食べてな」

父は陽平の頭をさすった。

「どうしたの？　何があったの？」

母が父にきいた。

「心配するな」

父は母に言い、玄関を出て行った。

母は呆然と立ちすくんでいた。が、陽平に気づくと、作り笑いをし、

「すぐ帰ってくるわ。さあ、先に食べましょう」

母は陽平を食卓に座らせ、自分も座ったが、青ざめた顔で考え込んでいた。

陽平は腹が空いたのでから揚げから食べはじめた。だが、母は箸をとらなかった。

父は三十二歳、母は同い年だった。父と母が知り合ったのは十年前で、母は父がよく買い物に行くブティックの店員だった。

三年後に結婚をして、陽平が生まれたのだ。父はいくつか職を変えているらしい。陽平が生まれたあとも一度、職を変えている。

父は今、家電販売の店で働いている。父はやさしい性格だが、物事に飽きっぽいところがあるらしい。父と喧嘩をすると、母は決まってそのことを口にした。

午後九時をまわったが、父はまだ戻ってこなかった。結局、母は食事に手をつけなかった。

陽平は買ってもらったテレビゲームに夢中になったが、母に言われ、片づけて蒲団《ふとん》を敷いた。

十時近くになって、いきなりドアが開く音がした。

母が玄関に急いだ。陽平も蒲団から跳ね起きた。父が帰ってきた。

「お帰りなさい」

父は疲れた顔をしていた。

部屋に上がると、台所の流しに行き、水を飲んだ。

「もう終わったの？」

「ああ、たぶん」

「たぶん？」

母は甲高い声で、

「いったい、警察があなたにどんな用だったの？」

と、迫った。

「気にしなくていい。ちょっと参考にきかれただけだ」

「なにを？」

「だから、心配しなくていい」

「もう警察に呼ばれることはないのね」

「たぶん」

「また、たぶんなの」

「……」

「何をきかれたの？」

母が不安そうにきく。

「だいじょうぶだ」

「何をきかれたのか教えて」

「疲れているんだ。もう、寝る」

父が振り返った。そばに陽平がいたにも拘《かか》わらず、父は素通りした。父の虚《うつ》ろな目に、陽平の姿が入っていなかったのだ。

「ねえ、まさか」

母の声がうわずっていた。

「心配ない」

何度も同じ言葉を繰り返す父の顔からは血の気が引いていた。

「あの事件に関係しているんじゃ?」

母がきいたが、父は蒲団にもぐり込んだ。

翌早朝、ドアチャイムが鳴った。

母は飛び起きた。カーディガンを羽織って出て行こうとするのを、父が制した。

「俺だ」

すでに父は着替えていた。

「また、出かけてくる」

「警察?」

「任意だ」

父はそう言い、はじめて気づいたように陽平の顔を見つめた。

「心配ないから、いい子にして待っているんだ」

父は微笑んだ。

「いやだ、いかないで」

なぜだかわからないが、そのとき非常な不安に襲われ、陽平は夢中で父にしがみついた。父は陽平の背中に手をまわし、力一杯抱き締めた。

そのとき、背中に当たる父の手がとても柔らかいと思った。

「じゃあ、すぐ帰ってくるから」

「会社には？」

「いい、あとで連絡する」

「あなた……」

母は半泣きになっていた。

ドアを出て行くとき、ちらっと見えたのは昨夜の目つきの鋭い男だった。

その日、母は近くのコンビニのバイトを休んだ。陽平はいつもどおり、保育園に行った。年長組の陽平はもうすぐ卒園で、四月から小学生だった。

陽平は保育園でいつものように友達と園内を走り回った。夢中で遊んでいると、父のことも忘れた。

それでも、遊び疲れると、急に不安が押し寄せ、庭に出て家の方角を眺めていた。

昼食のあとも、庭に出てぼうっとしていた。なんだか気持ちは塞《ふさ》いでいた。

「どうしたの？」

保母さんが心配して声をかけた。

黙っていると、保母さんが陽平の顔をみつめ、それから額に手をやった。

「熱っぽいね」

部屋に連れて行き、体温計を出して熱を測った。微熱があった。

保母さんは母の携帯に電話をし、微熱があることを告げている。携帯を切ってから、

「お母さんが迎えにくるから、お支度《したく》して待ちましょう」

と、陽平に告げた。

十五分後に母が自転車でやって来た。

家に帰ってから、

「パパ、だいじょうぶかな」

と、陽平は母にきいた。

「もうじき帰ってくるわ」

母は安心させるように言った。

午後三時過ぎ、電話が鳴った。

母が急いで電話に出た。

「はい、宗像です」

電話の話を聞いている母の顔色が変わった。

「えっ、逮捕……」

母は絶句した。

「どういうことなのですか。着替えですか。三十分後ですね。わかりました」

電話を切ったあと、母はその場にくずおれた。

「どうしたの？」

陽平は母にきいた。

「なんでもないわ」

母は立ち上がり、鞄に父の下着や靴下などを詰めはじめた。陽平は異常なことが起こっていると察した。

泣きながら鞄に衣服を詰めている母を、陽平はおろおろしながら見ていた。

しばらくして、ドアチャイムが鳴った。

また目つきの鋭い男が現れた。

「よろしいですか」

「はい」

母は答え、

「この子もいっしょに」

と、言う。

「まあ、いいでしょう」

一拍の間があって、男は答えた。

母は陽平を連れて、アパートの前に停めてあった車の後部座席に乗り込んだ。

隣に目つきの鋭い男が乗ってきた。陽平は無意識のうちに身をすくめていた。

「主人は何をしたのですか」

車が動くと、母がきいた。

「お子さんの前ですが」

男が気をつかった。

「構いません。いずれ知ることになるのですから」

母は気丈《きじょう》に言う。

「そうですか。では、はっきり言いましょう。強盗殺人の疑いです」

男はきっぱりと言った。

「強盗殺人……」

「二月十日、村越医院に三人組の男が押しこみ、院長夫婦を殺害し、三百万を奪って逃げました」

「そんな」

母は悲鳴のような声を上げたが、すぐ気を取り直し、

「主人だという証拠があるのですか」

と、きいた。

「村越医院の院長夫妻の寝室からご主人の毛髪が見つかりました。その他、状況証拠からご主人の犯行とわかりました」

陽平は何のことかよく理解出来ず、窓の外に目をやっていた。

「主人はなんと言っているのですか」

「認めました」

「……」

「奥さんは、ご主人が家電販売店を退職していたことをご存じですか」

「えっ？」

「やはり、知らなかったのですね。ご主人は去年の暮れに解雇されています」

解雇ってなんだろうと、陽平は思った。

「そんなはずありません。ちゃんと給料はもらってきました」

「サラ金です。ご主人はサラ金から借りていました。そこから、奥さんに渡していたんでしょうね」

うっと、母は嗚咽《おえつ》をもらした。

「事件後、サラ金に返済しています」

練馬中央署の建物が見えてきた。

「マスコミがいるので、裏から入ります」

車は裏通りから地下駐車場に入って行った。

エレベーターで上がり、母と陽平は小さな部屋に連れられて行った。

そこに父が机をはさんで警察のひとと向かい合っていた。

「あなた」

母が声をかけた。

「すまない、こんなことになって」

父はパイプ椅子からおりて、床に跪《ひざまず》き、母に向かって土下座をした。

「ほんとうに強盗なんか……」

「金が欲しかったんだ」

「会社をやめたこと、どうして言ってくれなかったの?」

「言えなかった」

父は陽平に気付き、

「陽平。ごめんよ。パパは悪いことをしてしまったんだ。ごめんよ」

と、にじりよって叫ぶように言う。

陽平は声が出ない代わりに、涙が込み上げてきた。父の無様《ぶざま》な姿を見ていて、無性に悲しくなった。

「あなたが殺したの？」

母が息を詰めてきいた。

「俺は殺していない。これだけは信じてくれ。絶対にひと殺しはしていない。陽平もきいてくれ。パパはひと殺しじゃない」

「ほんとうなのね。ほんとうにひと殺しはしていないのね」

「ほんとうだ」

そばで警察のひとが辛そうな顔をしていた。

「奥さん。そろそろ着替えを」

目つきの鋭い男が父と母の仲を裂くように言った。

母は持ってきたバッグを渡し、部屋を出た。

「これから逮捕状を執行します。共犯ふたりも逮捕次第、マスコミに発表します。当然、ご主人の名も出ますから、マスコミが取材でアパートを直撃するかもしれません。お子さんのことを考えたら、しばらく、どこか身を移したほうがいいでしょうね」

「マスコミ……」

「特にテレビのワイドショーは執拗《しつよう》ですからね。どこかに避難することです」

男はそう言ってから、陽平の前にしゃがみ込んで、

「坊や。いいね。どんなことがあってもくじけちゃだめだ。お母さんを守ってやれるのは坊やしかいない」

目つきの鋭い男はやさしく言ってくれた。最初は怖いひとかと思ったが、とてもやさしかった。

陽平は大きく頷いた。

「いい子だ」

男は言い、再び地下駐車場から車でアパートまで送ってくれた。母は高校時代の親友のおばさんのところに電話をしていた。それから、必要なものだけを持って、陽平は母といっしょにアパートを出た。

その日が、陽平にとっての生き地獄のはじまりだった。

4

水木は自宅に帰ると、まっさきに仏壇の前に座る。妻信子の位牌に手を合わせ、きょう一日の報告をするのだ。

「きょうは参ったよ」

水木は甘えるように愚痴《ぐち》を口にする。

まさか、片瀬陽平からあのようなことを言われるとは思わなかった。弁護士の使命については、弁護士に成り立てのころからある命題といえるものと闘ってきた。

それは被告人の利益ということだ。弁護士は被告人の利益を第一に考えることは当然だ。その被告人の利益とは何か。裁判で被告人に有利な結果を勝ち取ることであろうか。

たとえば、真犯人だと自分が疑っていても、被告人が無罪を訴えれば、結果的に、真犯人を法の網から逃すことになるとしても無罪を勝ち取るために闘うことが弁護士の使命なのか。

被告人が真犯人だと思うなら、弁護人を下りるべきだという考えもあろう。また、被告人を改心させ、罪を認めさせ、その上で情状酌量の弁護をするという考えもあろう。さらにいえば、真実は誰にもわからない。真実は神のみぞ知るという解釈に立てば、そもそも弁護士がいくら被告人が怪しいと思っても、真実はわかない。ならば、被告人の主張通り、無罪を勝ち取るために闘うべきだという考えもあろう。

水木の三十数年の弁護士生活で、このような事例に直面したことはなかった。が、常に弁護士の使命を考える上で意識していたことだ。

だが、片瀬陽平の訴えはとんでもないことだった。

「弁護士は被告人の利益のために闘ってくれるんですよね。先生、お願いです。私に死刑判決が下されるような弁護をしていただけますか。私はそのために、先生に弁護人になっていただこうと思ったのです。先生なら、被告人のために全力を傾けてくれると思ったからです」

死刑判決が下されるような弁護をしてくれとは、常軌《じょうき》を逸している。しかし、片瀬陽平は堂々とこの要求をしてきたのだ。

そもそも死刑になりたいために殺人を犯すこと自体、ふつうの人間の感覚ではない。だが、物事の理非善悪《りひぜんあく》を十分に理解しているようで、片瀬が病気というわけではない。

被害者に申し訳ないという気持ちは持ち合わせており、ただ謝罪をすることで情状酌量の余地を残したくない。死刑判決を受けるための障害になるからだという。

死刑を望むことは異常であるが、その思考はまともだ。

それに死刑を望むにしても、単なる自暴自棄からではない。片瀬の父親が死刑になっていることが、彼をここまで追い込んだのではないか。

死刑囚の子どもとして地獄の日々を送ってきた。世間は死刑囚の子に対して冷酷だった。社会に絶望して、もう生きていても仕方ないと考えたことはあり得よう。

飛び下り、毒物、刃物、自殺にはさまざまな手段がある。だが、片瀬はあえて死刑を望んだ。

片瀬の自殺は死刑でなければならなかった。それは、社会に対する復讐だからだと、水木は考える。

死刑囚の子どもが生きてきた果てに待っていたのは社会からの死刑宣告。それこそ、片瀬の狙いなのではないか。

「先生、お食事の支度が出来ました」

裕子が声をかけた。

水木が独立してしばらくは信子が事務所の事務をしていたが、軌道に乗り出してからは裕子が事務員として働きだした。三十三歳で結婚してやめたあとも、信子と裕子の付き合いは続いたのだ。

「ありがとう」

水木は立ち上がって食卓についた。

「おや、すき焼きじゃないか」

水木は相好《そうごう》を崩した。

「この前、食べたいと仰っていましたから。きょうはこれに」

「そう、覚えていてくれたんだ」

「はい」

ご飯をよそって、茶碗を差し出す。

「あれ、裕子くんは食べないのか。鍋なんか、ひとりで食べてもおいしくない」

「ええ、でも」

「信子に悪いと思っているなら逆だ。いっしょに食べてくれたほうが、信子も喜ぶし、安心もする」

「……」

「よし、俺が茶碗を持ってくる」

水木は腰を浮かせた。

「あっ、先生にそんなことをさせては……」

裕子はあわてて立ち上がった。

「新しい茶碗と箸があるはず」

水木が声をかける。

「はい」

裕子は茶碗と箸を持ってきた。

「すき焼きを食べたいと言ったのは、裕子くんといっしょに食事をしたいという意味だったんだ」

「ありがとうございます」

「礼を言うのはこっちだ」

水木は肉を卵につけてほおばった。裕子も食べはじめた。

「牛肉、残っていたら全部いれよう」

水木は弾《はず》んだ声で言う。

「よかった」

裕子が唐突に言った。

「なにが？」

「奥様がいらっしゃった頃の先生に戻られて」

「うむ。いつまでも落ち込んでいたら、信子に叱られるからね。でも、ここまで立ち直れたのは裕子くんのおかげだと思っている」

「いえ、私なんか」

裕子が首を横に振る。

「いや、君がいなかったら、俺はだめになっていたと思う。ありがとう、改めて礼を言わせてもらうよ」

「そんな」

裕子は涙ぐんだ。

「そう言っていただけて、嬉しいんです」

「いけない、湿っぽくなってしまった。そうだ、この前はとんだ事件に巻き込まれ、ゴッホの肖像画や喜多川歌麿《きたがわうたまろ》の浮世絵を見られなかったから、今度また行ってみよう。『ボストン美術館の至宝展』は十月初めごろまでやっているはずだ」

「でも、やっぱり土日は混みますね」

　裕子が苦笑して言う。

「そうだな、混んでるとゆっくりみられないし、疲れる。なんとか平日に行けるようにしよう」

「でも、先生はあの犯人の弁護人をなさっているんでしょう。襲撃があった場所になりますけど……」

「そうだね」

　現場に立てば、どうしても事件を思いだす。ゆっくり美術を鑑賞する気持ちの余裕はなくなってしまうかもしれない。

「それより、私は奥様が好きだったという国立博物館の表慶館を見てみたいです」

　信子は本館前の庭のベンチに座って、日がな表慶館を眺めていても飽きないのだ。そんな信子に呆れ返ったものだった。

「そう、わかった、そうしよう」

食事のあと、後片付けをして、裕子は引き上げた。

裕子がいなくなると、急に寂しくなって、また仏壇の前に座り、信子の位牌に語りかけた。


翌日、水木は上野中央署にやって来た。

マスコミの人間に気づかれないように素早く玄関に入った。

接見室で待っていると、片瀬が看守係に連れられてやって来た。

看守係は出て行き、片瀬はガラスの仕切りの向こうに腰を下ろした。

「きのう、確かめられなかったので、改めてききに来ました」

水木は切り出す。

「なんでしょうか」

「君は私に、死刑判決が下されるような弁護をして欲しいと言いましたね」

「はい」

「その気持ちに変わりはないのですね」

「ありません」

片瀬はきっぱりと答えた。

「今後も？」

「もちろんです」

「留置場にいると、現実社会で受ける差別はありませんね。社会から隔絶された場所ですから当然です。起訴されれば、拘置所に移されますが、そこも同じです。そういう環境にいるうちに、だんだん生きていたい、死刑はいやだと思うようになりませんか」

「はい、なりません」

「そう言い切れるのですか」

「はい」

「でも、ひとの心はふとしたことで変わるものです。よほどのことがない限りね。ということは、君にはよほどのことがあったのですね」

「死刑囚の子だからです」

「死刑囚の子だから死刑を望んだというのは腑に落ちません。もっと、強烈な何かがあったのではありませんか」

「そうです、生き地獄です」

「いえ、それだったら、君はビルから飛び下りるとか、ひとりでこっそり死んでいったんじゃないですか」

「きのうも話したはずです。この社会で差別され、生きる場所がなければ、死ぬしかない。自分は何も悪くないのに、自分で死ななければならないのは理不尽です。社会が私を邪魔者扱いするなら社会が私を抹殺すべきです。だから、死刑を望んだのです」

「そこには社会に対する復讐の念があるのだね」

「いえ、私が死刑になったからって社会に対する復讐にならないでしょう。私を差別し、侮蔑《ぶべつ》してきた人間がこんなことでショックを受けるはずはありませんよ。単に自暴自棄になった若者がばかな真似をしたということで、私のことなんてすぐ忘れますよ」

「しかし、有識者たちの心には響くだろう。少なくとも、社会への抗議にはなる」

水木は片瀬の感情のない顔を見つめ、

「死刑を望んだ理由のひとつに、父親の死刑判決への不満があるのではないか」

と、迫った。

「……」

「君は、父親が死刑になったことに納得していない。そうだね」

「逮捕される直前、父と警察署の取調室のような部屋で会ったとき、父は母と私にこう言ったんです。絶対にひと殺しはしていないと」

片瀬は目を伏せて、

「あのときの父の姿をよく覚えています。父は盗みに入ったことは認めました。でも、ひと殺しはしていないとはっきり言いました」

「君はそれを信じているんだね」

「信じています」

片瀬は水木の目をまっすぐ見て言った。

「そのことで、君は警察や検察、裁判長ばかりでなく、弁護人だった弁護士まで恨んでいる」

「いえ、信用できないひとたちだとは思っていますが、恨んではいません」

「恨んでいない？」

「はい。ひと殺しをしたのは父ではなく、いっしょに強盗を働いた仲間の仕業だったとしても、父はその場にいたのです。仲間の誰かが殺したのを見ていたのです。だったら、同罪です」

「本気でそう思っているのかね」

「はい」

片瀬は一瞬の間を置いて答えた。

「しかし、実際に手をかけたかかけないかは、大きな違いだ。殺したのは君の父親だと認定されたのだ。もし、ひとを殺していなければ、父親はまだ生きていたはずだ。現に共犯のふたりは生きている」

ひとりは無期懲役で現在も服役しているが、もうひとりはそろそろ出所する頃だ。

「父が生きていたとしても、あまり変わりはありません」

「変わりない？」

「はい。加害者家族であることは同じですから。死刑囚の子と指さされるよりは少しはましというだけで、同じように差別され続けてきたと思います」

「結果は同じだと？　父親が死刑囚でなかったとしても、死刑を望んで無差別殺人をしたと？」

「はい。どっちみち、世間は私を許してくれません」

片瀬は苛酷な話を淡々として話す。

「しかし、世間は冷たい人間ばかりではなかったはずだ。君の境遇に理解を示してくれたひとだっていたはずだ？」

「口先だけでは……」

片瀬は嘲笑《ちょうしょう》するかのように口元を歪めた。

「君は苗字を変えて、宗像武三とは無縁の人間として生きていたのではないのか。そうやって普通の生活が出来たのでは？」

「四年前、好きになった女性がいました。結婚を約束し、向こうの両親も私を気に入ってくれ、まだ存命だった母も喜んでくれて、これから仕合わせになれる。そう信じていました。ところが、ある日……」

片瀬は声を詰まらせ、

「彼女から別れ話を持ち出されたんです。婚約を解消したいと。私は理由をききましたが、なかなか答えてくれません。それで、彼女の母親に電話をしたとき、愕然《がくぜん》とすることを言われたのです」

片瀬は一拍の間を置いて、

「娘を死刑囚の子どもにはやれないと……」

と言い、自嘲《じちょう》気味に続けた。

「私のショックにお構いなく、とんでもないことになるところだったと、私が隠していたことを詰《なじ》ってましたよ」

水木も聞いていて胸が痛んだ。

「あなたが話したのですか」

「いいえ、話しません。絶対に打ち明けてはだめだと思っていましたから」

「では、どうしてわかったのですか」

「ネットです」

「……」

「ネットがある限り、私は死刑囚の子という烙印《らくいん》から逃れられないんです」

「いったい、誰がそんなことをネットに書き込むのか」

水木は怒りを抑え切れなかった。

「どんな知らない土地に行こうが、ネットがある限り、いつかわかってしまいます。ネットに書き込む人間に怒りを覚えますが、それ以上にそれを見て態度を急変させるひとたちを信じることは出来ません」

片瀬はあくまでも冷静だ。

「だから、私はもうこの社会を見限りました。私は生きていたいのに生きられないのです。でも、自分で死んでは逃げになります。私は負けて死んでいくのではありません。社会の手で、首を絞められて死んでいかねばなりません」

と言ってから、はじめて感情を剝《む》き出しにして付け加えた。

「先生。どうか、私に死刑判決が下されるような弁護をお願いいたします」

水木は返す言葉を見いだせず、ただ呆然と片瀬陽平の暗い顔を見ていた。

# 第二章　疑惑

## 1

水木は新橋烏森口にある事務所の執務室でパソコンを使っていた。片瀬陽平の名を入力して検索してみる。

死刑囚宗像武三の長男片瀬陽平は、父親が起こした事件のあと、母の叔母の養子に入った。

だが、宗像武三の子どもであることはネットの書き込みによって知られたという。

「どんな知らない土地に行こうが、ネットがある限り、いつかわかってしまいます」

片瀬はそう言っていた。その書き込みを見ようと、片瀬陽平と入力したのだが、やはり宗像武三の起こした強盗殺人事件の項目も一覧に出てきた。

事件後、陽平は母方の実家のほうに養子に入ったことが記されている。誰が書き込むのか。まず、考えられるのは陽平を知る人間だ。

しかし、それだけとは限らない。週刊誌の記事から情報を得ることもあろう。あるいは、強盗殺人事件に興味を持った人間が犯人の子どもがその後、どうなったかを調べ、ネットに書き込んだということも考えられる。

だが、陽平はこう言っていた。

「ネットに書き込む人間に怒りを覚えますが、それ以上にそれを見て態度を急変させるひとたちを信じることは出来ません」

片瀬は書き込んだ人間より、それによって態度を急変させた人間に憤《いきどお》りを抱いているのだ。

その最たるものが、婚約者であろう。母親が娘の婚約者の身元を調べるつもりがあったのか、それとも誰かの告げ口があってのことかわからない。いずれにしろ、陽平の素性を知って、母親は結婚に反対をしたのだ。

もっとも結婚相手の身元調査は、親が興信所や探偵社に頼んで行うこともあろう。ネットとは関係なく、調べることは出来る。

そのことを考えれば、ネットの書き込みが問題ではない。それによって、態度を変える世間が問題だと怒る片瀬の言い分も理解出来る。

そして、その世間に対する復讐が今回の事件を引き起こした動機かもしれない。

加害者家族の悲惨さを表徴《ひょうちょう》しているのが東京・埼玉連続幼女誘拐殺人事件だ。東京と埼玉で四人の幼女を誘拐して殺した犯人の父親は自殺。犯人の妹は婚約者と別れ、弟も会社を辞めた。兄弟姉妹に嫌がらせの手紙が大量に寄せられたりした。事件の影響は父親の兄弟にも及んだ。

また、七人を殺し十人を負傷させた秋葉原通り魔事件の犯人の弟も自殺に追い込まれている。会社の退職、婚約者との破局と、片瀬と同じような境遇を辿《たど》った末の自殺だった。

加害者家族には幸福な人生を送ることが許されなければ自殺しかない。片瀬もそう思ったが、簡単には自殺に走らなかった。

「私は生きていたいのに生きられないのです。でも、自分で死んでは逃げになります。私は負けて死んでいくのではありません。社会の手で、首を絞められて死んでいかねばなりません」

片瀬は加害者家族を激しく非難する世間に対して復讐を果たそうとしたのだ。それが、市民の代表である裁判員に裁判で死刑を宣告してもらうことだった。

水木は犯行の動機をこう解釈したが、片瀬に同情出来ないのが無関係な人間をふたりも殺している点だ。

秋葉原通り魔事件の犯人の弟は苦悩と闘いながら自ら命を断った。しかし、片瀬は、社会の手で殺してもらおうとした。

片瀬の思考には矛盾がある。片瀬に裁判で死刑判決が出されたとしても、それはふたりの人間を殺した罪に対する死刑宣告なのだ。

確かに加害者家族の苦悩の末の犯行ではあるが、片瀬の考えには無理がある。もっともそれはこちらの勝手な判断であって、片瀬からしたら、少しも矛盾ではないのかもしれない。

片瀬が死刑を望んでいるのは事実だ。それも強く望んでいる。そこでまた、水木は引っかかった。

東京・埼玉連続幼女誘拐殺人事件の死者は四人、秋葉原通り魔事件の死者は七名。その他、附属池田小事件では八人も殺している。

不謹慎なことだが、片瀬が殺したのはふたりだけだ。死刑になりたいならもっと多く殺しておけば間違いなかったはずだ。

なぜ、ふたりしか殺さなかったのか。いや、もっと殺すつもりだったのに何かの事情でふたりしか殺せなかったということか。

片瀬は東京都美術館のロビーでソファーに座っていた景浦仙一に襲い掛かり、刃物で胸と腹を刺して殺害。続いて、出口に向かう途中、駆けつけた警備員牟田徹の腕を刺し、金子さやかの胸と背中を刺して殺害。片瀬を制止しようとした津波松三にも切りつけた。

牟田徹と津波松三が軽傷で済んだのは、それ以上の攻撃に出なかったからだ。なぜ、このふたりに止《とど》めを刺そうとしなかったのか。

片瀬が水木に弁護人を依頼したのは、死刑判決が出るような弁護をしてもらいたいからだ。それだけ、片瀬はふたりを殺しただけでは死刑判決が出るか不安だったということだろう。

水木は思い立って立ち上がった。

「ちょっと出かけてくる」

事務員に告げ、水木は事務所を出た。

妻信子が亡くなったあと、水木は仕事を厳選するようになった。冤罪の可能性がある事件、もしくは弱者が追い詰められている事件などを引き受け、それ以外の事件では友人や後輩の弁護士を紹介した。

その中で、片瀬陽平の事件に首を突っ込んだのは、片瀬が死刑になりたかったという動機を述べたからだ。

附属池田小事件、土浦連続殺傷事件などの無差別殺人の犯人のように、なぜ死刑になりたいためにひとを殺すのか。そのことに興味を持って自ら弁護人を買って出たのだ。


水木は上野中央署の接見室で、片瀬陽平と会った。

ガラスの仕切りの向こうにいる片瀬に、

「事件のときのことを聞きたいのですが、あの日、君はエントランスロビーで襲う相手を物色していたそうですね」

「ええ」

片瀬は頷く。

「三十分ぐらいうろついていたようだが」

「なかなか狙いがつかなかったんです」

「誰でもよかったのではなかったのですか」

「ひ弱そうな人間を選んでいたのです」

最初に襲われた景浦仙一は私立東欧大学の教授で、四十八歳。細身の男だ。穏やかな顔だちだ。

「それなら女性だけを狙おうとは思わなかった?」

「そのつもりでしたが、目の前に弱そうな男がいたので……」

「最初の男性を刺したあと、警備員の男性がかけつけましたね。その警備員に斬りつけたあと、第二撃を加えなかったのはなぜですか」

「がっしりした体格でしたから反撃に遭ったら敵《かな》わないと思ったんです。それで、目の前にやって来た女性に狙いを定めました」

「その女性の胸と背中を刺していますね」

「警備員が倒れたのを見て、その女性がひき返したんです。それで背中に向かって突進し、倒れたところを胸に……」

「そのあと、君を制止しようと男性がたちふさがった。その男性にも一度斬りつけただけでそのまま逃げた」

「ちょっと、まずいと思って」

「まずい？」

「刃物を振り回せば、逃げると思ったのですが、向かってきそうだったので逃げました。ほんとうはもっとひとを刺したかったのですが、予想が狂いました」

「予想が狂った？」

「はい。皆、怖がって向かってこないと思ったんです。警備員の男はともかく、もうひとりの男は想定外でした」

片瀬はまるで他人事《ひとごと》のように言う。

「最初はもっと殺すつもりだったのですか」

「はい。死刑になるために少なくとも三人、それ以上を殺そうと思いました」

「君は加害者家族の苛酷な運命に負けて生きていけなくなったと言っていましたね。だから、社会によって殺してもらいたいと」

水木は確かめる。

「はい」

「しかし、君が死刑判決を受けることになったとしても、それは通り魔殺人によってです。誰も加害者家族だからとは思わない。理不尽な殺人を犯したことへの刑罰なのでは？　君の狙いとは違うのではないか」

「いえ、違いはありません」

「そのわけは？」

水木はすぐにきき返す。

片瀬はまったく落ち着いていた。事件を起こした人間の態度とは思えない。

「死んだ人間も社会の一員だからです」

「……」

「加害者家族への偏見から、この世で仕合わせになる権利を奪った社会の一員です」

「あのふたりが加害者家族に偏見を持っていたとわかるのですか」

「いえ、そういう社会の一員だというだけで十分です」

「無辜《むこ》の人間を犠牲にしたという後悔はないというのですか」

「はい。ただ、運が悪かったというだけです」

「……」

水木はため息をつくしかなかった。が、すぐ気を取り直し、

「事件当日は君はＪＲ上野駅公園口の改札を出て東京都美術館に向かったのでしたね」

「はい」

「文化会館や西洋美術館の前にもひとはたくさんいたはずです。なぜ、その辺りで事件を起こさず、東京都美術館まで行ったのですか」

「気持ちがまだ高まっていなかったのです。なかなか高まらなくて」

「死刑になりたくて通り魔殺人を実行しようと上野公園まで行ったが、いざ決行しようとして躊躇《ちゅうちょ》したということですか」

「いえ。ただ、気持ちの高まるのを待ちながら歩いていたら、東京都美術館の前に辿り着いたのです」

「君はなぜ東京都美術館のエントランスロビーで狙う相手を物色したんですか。なぜ、外に出ず、ロビーにいたんですか」

「特に理由はありません。しいていえば、歩き回ってもしょうがないと思ったのかもしれません」

「東京都美術館に辿り着いてから、ここで決行しようと決心したのですね」

「そうです」

　片瀬ははっきり頷く。

「狙う相手を物色していたということですが、最初に君が殺した景浦さんはあなたが来たときにはすでにソファーに座っていた。気づいていましたか」

「いえ」

「いつ気づいたのですか」

「ソファーから立ち上がって歩きだしたときです」

「その姿が強そうには思えなかったから標的にしたということですね」

「そうです」

水木は間をとってから、

「君と同じように死刑になりたくて犯行に及んだ犯人がいますね。附属池田小事件、土浦連続殺傷事件などの無差別殺人の犯人です」

「はい」

「彼らは、君と同じように死刑になりたいからという動機を語った。だが、加害者家族ではない」

「死刑になりたいという動機はいろいろあると思います。でも、いずれも社会に受け入れてもらえないことが背景にあるんじゃないですか。社会に受け入れられない原因は個人の性格によるのでしょうが、社会に適合出来ない人間だったのかもしれません。だから、死刑による自殺を望んだのでしょう。でも、私は少なくとも自分を社会の不適格者だとは思っていません。私は加害者家族だから社会から受け入れを拒否されたのです。社会に適合出来る人間に対して受け入れを拒否するなら、社会がその人間を始末すべきなのです。そのことをわからせる意味からも死刑を望んでいるのです」

看守係が顔を覗かせ、接見の終了時間が迫っていることを知らせた。

「最後にひとつ」

水木はガラス越しに片瀬の顔を見つめ、

「君は父親が死刑になったのを納得いかないと思っているようですが、この件を裁判で訴えるつもりがあるのですか」

「父はひと殺しはしていません。だから死刑になったのは間違いだと思っています。でも、今さらそのことを訴えても無駄です。それに、死刑を望む私が言うのは筋違いだと思っています」

「わかりました。また、来ます。何か、困ったことはありませんか」

「だいじょうぶです」

片瀬は頭を下げた。

接見室を出たあと、水木は刑事課の部屋に行き、近くにいた若い捜査員に香島保警部補との面会を申し入れた。

若い捜査員から耳打ちをされた香島がこちらを見た。水木は軽く会釈をする。

香島がやって来た。

「ちょっと確かめたいことがあるのですが」

水木は切り出す。

「少しぐらいなら」

壁の時計に目をやって、香島は答える。

「どうぞ」

香島は衝立で仕切られた応接セットに招じた。

テーブルをはさんで向かい合い、

「犯行時のことですが、金子さやかさんを刺したあと、片瀬は津波松三さんに切りつけましたが、津波さんは片瀬を取り押さえようとしたのですか」

「片瀬はそう話していますが、津波さんはいっしょにいた奥さんを守る為に前に出たそうです。それを、片瀬は取り押さえようと立ちふさがったと勘違いしたようです」

「津波さんは奥さんといっしょだったのですか」

「そうです。最初に奥さんが異変に気づいて悲鳴を上げたので、津波さんは無意識のうちに前に飛び出したということです」

「津波さんはお幾つでしたっけ」

「六十二歳です」

「体格は？」

「痩せて小柄でした」

「痩せて小柄？」

「何か」

「いえ、片瀬が最初の景浦仙一を襲ったのはひ弱そうな人間だからだと言っていたのです。津波さんもどちらかというとそんな感じですね。なぜ、津波さんには致命傷を与えようとしなかったのか」

「三人も襲ったあとなので、片瀬はかなり興奮していたのでしょう。相手を判断する余裕がなかったんだと思います。なにしろ、自分を捕まえるために立ちふさがったと思い込んでしまっていたのですから」

「すみませんが、津波さんの連絡先を教えていただけませんか」

「いいでしょう」

そう言い、香島は立ち上がった。

香島が弁護士に協力的なのは事件について争うことがないからだ。片瀬は素直に取り調べに応じている。

香島が戻ってきた。

「これ、携帯の番号です。住まいは入谷《いりや》です」

メモ用紙を寄越して、

「片瀬は、水木先生に死刑になるように弁護をお願いしていると言っていましたが、そうなんですか」

と、香島はきいた。

「そう頼まれました」

「やはり、水木先生を利用しているんですね」

「さあ……」

「死刑制度に反対というわけではないようですが」

香島は首を傾《かし》げ、

「念のために、片瀬の過去を調べたのですが、死刑廃止運動のメンバーや政治的な活動をするグループとのつながりは見いだせませんでした」

「そうですか」

「それにしても、死刑になりたいからひとを殺すという妙な動機が流行ってますね。片瀬は父親が死刑になっているので、自分も父親のように死刑になって死にたかったのでしょうか」

「そんなことはないと思います……」

水木は否定してから、

「もう一度、お尋ねしますが、被害者の景浦仙一と金子さやかの両名と片瀬には接点はないのですね」

「その点は確かめました。つながりは見いだせませんでした」

「……」

「何か疑問が？」

「いえ」

水木はすっきりしないまま否定した。疑問をはさむ余地はないように思いながら、水木は胸に何かがこびりついているような違和感が消えなかった。

さっきの若い刑事が香島を呼びにきた。それを潮《しお》に、水木は立ち上がった。

「片瀬の起訴はいつごろになりますか」

思いついてきく。

「担当の検事さんはいつでも起訴出来ると言ってました。ただ、死刑になりたかったという動機が引っかかっているのです。裁判で、その動機を否定するかもしれませんからね。それ以外の動機がないことがはっきりするまで起訴は出来ない。だから、勾留期限ぎりぎりまで待つかもしれません。じゃあ、失礼します」

ふつうならこの手の犯罪であれば、加害者家族である片瀬の悲惨な人生を訴えて情状酌量の弁護をするのだが、片瀬の場合はその悲惨さが事件の動機になっている。片瀬の暮らしが悲惨であればあるほど、死刑になりたいからという片瀬の動機を裏付けることになるのだ。

果たして、水木には片瀬の弁護が出来るのだろうか。いや、片瀬は死刑を望んでいるのだ。死刑判決が出るような弁護をすべきなのか。

警察署の外に出てから携帯を取りだし、津波松三に電話を入れた。

## 2

一時間後、水木は東京都美術館のエントランスロビーで津波松三を待った。

電話で、片瀬陽平の弁護人だと名乗ると、すぐ会ってくれることになった。津波は入谷でアパートを経営しているという。

平日ながらロビーにはひとが多い。チケット売り場の脇で立っていると、六十年配の頭髪の薄い小柄な男が近づいてきた。

「水木先生ですか、津波です」

襟のひまわりの弁護士バッジを目に留めて声をかけてきたのだ。

「水木です。津波さんにとって不快な場所なのに、わざわざ来ていただいてすみません」

水木は名刺を差し出し、

「お怪我のほうは？」

と、心配する。

「もうなんともありません、かすり傷でしたから」

津波は人懐こそうな笑みを浮かべた。

「そうですか。ここにはよくいらっしゃるのですか」

水木は本題に入る。

「上野公園は散歩コースですので、ここにもときたま」

「あの日は奥さまとごいっしょだったそうですね」

「ええ、そうです」

「あなたが襲われた場所を教えていただけますか」

水木は頼む。

「ええ、そこの玄関の外です」

津波はいったん外に出た。そして、庭の途中からひき返し、改めて玄関に向かう。

扉の少し手前で立ち止まった。

「エントランスの中で何か騒いでいるとわかりましたが、そのときはまだ何があったのか気付きませんでした。そのうち、女の人の悲鳴が聞こえ、玄関から何人もの男女が血相を変えて飛び出してきたんです。家内が悲鳴を上げたとき、フードをかぶったパーカー姿の男が刃物をかざしながら走ってきました。私は夢中で家内の前に立ったのです」

津波はそのときの恐怖を思いだしたように顔をしかめた。

「男は奥さんを襲おうとしたのですか」

「そうじゃないかと思いました、私が家内をかばったので、男は何もしないで私の脇を走り抜けたのです。そのとき、刃先が私の腕を掠（かす）ったのです」

「あなたは、男を取り押さえようとしたのではないのですか」

「いえ、そんな自信はありません。ただ、夢中で家内をかばっただけです」

片瀬の言い分と少し違う。立ちふさがった男が向かってきそうだったので逃げたと言っていた。

「男はそのあとはそのまま走り去って行ったのですね」

「そうです」

その後、逃げた片瀬は大勢ひとがいるにも拘わらず、誰にも手を出さずに逃げ去った。

なぜ、片瀬は三人目の被害者を出さなかったのか。三人以上のほうが確実に死刑になることは片瀬も認識していたのだ。

警備員の仲間が片瀬を追ってきたので逃げたのだろうか。

「男は誰かに追われていたようですか」

「そういえば、警備員がエントランスから出てきました」

「そうですか」

やはり警備員に追われ、それ以上の殺戮は出来なかったのだろう。そう思ったが、またもそこで疑問が生じた。

なぜ、警備員がいる場所で犯行に及んだのか。刃物で脅せば、警備員も逃げると思ったからか。

「水木先生、男は死刑になりたかったと言っているそうですね」

「ええ、そう言っています」

「刑事さんに言われました。もし、私が家内の前に飛び出さなければ家内が犠牲になっていたかもしれません。そう考えるとぞっとします」

「そうですね」

そう答えたが、水木は何かしっくりしなかった。

「あなたは、殺された金子さやかさんを覚えていますか」

「いえ、私たちの前にもぞろぞろたくさんのひとが玄関に向かっていましたから、金子さんの姿は見ていません」

「そうでしょうね」

「だから、金子さんの妹さんからきかれても答えられなかったんです」

「金子さんの妹さん？」

「ええ。新聞記者さんから私の住まいを聞いて訪ねてきたことがありました。姉に連れはいなかったかときかれたんです。でも、あいにく金子さんとは少し離れていたのでわからないと答えるしかなかったんです」

「なぜ、妹さんが?」

「姉がひとりで東京都美術館に行くとは思えない。連れがいたのではないかと」

「なるほど、金子さんは連れといっしょにやって来たのではないかというのですね」

「そうです。もし、そうだとしたら、そのひとは姉が殺されたのに逃げたことになると、憤慨していました」

金子さやかは三十二歳。一年前に夫の公太を事故でなくし、現在はアパレル会社の事務をしている。

当たり前のことだが、殺された金子さやかにも築いてきた生活があったのだ。突然、人生を断ち切られた。その無念さはいかばかりか。

ところが、さやかの妹は新たな疑念を持ったようだ。暴漢に襲われたさやかを助けようともせず、あまつさえ絶命したさやかを置いて逃げた人間がいるということになる。

ただ、そのことは片瀬の起こした事件とは直接関わりないが、間接的には影響しているのだ。

「妹さんの連絡先を聞いていますか」

「ええ。虎ノ門《とらもん》の鉄鋼会社の受付をしているそうです。家に帰れば、名刺があります。帰ったらお知らせします」

津波は約束した。

津波から携帯に電話がかかったのは、水木が事務所に戻った直後だった。水木はさっそく金子さやかの妹に電話をした。


その夕方、五時半に事務所に金子さやかの妹さつきが、やって来た。二十八歳の髪の長い女性で、白いブラウスに黒のブレザーを羽織っていた。

執務室の応接セットで向かい合う。事務員の裕子が茶を運んできて去ってから、水木は切り出した。

「お姉さんのことはご愁傷《しゅうしょう》さまでした」

「何の罪もない姉を殺すなんて……。片瀬を許せません」

さつきは厳しい声で言う。

「お気持ちはお察しします」

「死刑になりたいからひとを殺したと言っているそうですね。そんな身勝手な男に殺されたなんて、姉が可哀そう過ぎます」

「確かに身勝手で、悲惨な犯罪です。情状の余地はありません」

「死刑になるのは当然です。でも、死刑になることは片瀬の望み通りではありませんか。何か割り切れません」

「現行の死刑制度に対する抗議の意味があるようには思えません」

　水木は言ってから、

「あなたにお伺いしたかったのは、さやかさんに連れがいたかどうか、あなたが気にしていたことです」

「はい」

「あなたはお姉さんに連れがあったと思っているのですか」

「そうです、姉はひとりで美術館に行くようなひとではありません。それに、姉は音楽会ならともかく、自分から進んで美術館には行きません」

「連れの方に心当たりは？」

「ありません」

　さつきは首を横に振った。

「さやかさんは去年、ご主人を事故で亡くされているのですね」

「はい。酔って非常階段から落ちたそうです。義兄が死んで一年経って、姉も新しい恋がはじまったのかもしれないと思っていたんです」

「そのような気配もあったのですね」

「ありました。でも……」

「でも?」

「相手は奥さんがあるひとかもしれないと思いました」

「なぜ、そう思ったのですか」

「事件の前日の夜、高輪《たかなわ》の姉のマンションに遊びに行ったんです。そのとき、彼氏からからしい電話がスマホにありました。電話を切ったあと、姉はスマホを必ず操作していました。そのときは何をしているのか気にもとめていなかったのですが、事件のあと、姉の所持品が返ってきてスマホを見てみたんです。そしたら、履歴がなかったんです。姉は履歴を消していたのです」

「履歴を、ですか」

「相手の男性から言われていたのではないでしょうか。携帯を万が一、誰かに見られたときの用心に必ず履歴を消すようにと。アドレス帳にも彼氏らしい番号はありませんでした。番号は記憶していて、電話をかけるとき、その都度、番号を入力していたんだと思います」

さつきは身を乗り出して、

「携帯会社に履歴を見せてもらうわけにはいかないのでしょうか」

「事件に関係があるならともかく、無理でしょうね」

「そうですか」

がっかりしたように、さつきは体を引いた。

「そこまで用心する相手とは誰でしょうか」

水木はきいた。

「職場の上司だと思います」

「職場の上司で思い当たるひとはいるのですか」

「……」

「どうなのですか」

「半年近く前、私が姉の部屋に遊びに行ったとき、姉はまだ帰っていませんでした。部屋に上がって待っていると、十二時をまわって姉がタクシーで帰ってきました。男のひとがいったん外に出て姉を下ろし、それから再び自分がタクシーに乗り込みました。窓から見たのは頭髪の薄い恰幅のいい男性でした。姉にきいたら、部長さんだと」

「ひょっとして、あなたは部長さんに会ったのですね」

「姉の葬儀で会いました。でも、証拠がないので、問い質《ただ》すことは出来ませんでした」

「お姉さんの会社の同僚にはききましたか」

「いいえ。もし、不倫相手が部長だとしたら、そうとう注意して付き合っているでしょうから……。社員だって気づいていないと思いますので」

「さやかさんが不倫をしているというのは、あなたの思い込みではありませんか。事件前日夜の電話にしても彼氏だというはっきりした証拠はないのでしょう」

「でも、いろいろ総合してみて……」

さつきはふとため息をついて、

「確かに、はっきりした証拠はありません。私の考え過ぎかもしれません。ただ、姉が美術館に行ったのは誰かに誘われたからです。刺される直前まで、姉は誰かといっしょだったはずです。もしかしたら津波さんが頭髪の薄い恰幅のいい男性を見かけていたらと思ったのです」

「もし、そうだとしたら、あなたはどうなさるおつもりですか」

「襲われた姉を助けず、現場から逃げだしたことに抗議したいのです。それから姉の仏前で謝ってもらいたいのです」

さつきは涙声になった。

「先生」

落ち着いてから、さつきは思い詰めた目で、

「片瀬に確かめてもらえませんか。姉を刺したとき、そばに男が寄り添っていなかったか。寄り添っていたらどんな男だったか……」

と、訴えた。

「わかりました。聞いてみましょう」

「ほんとうですか」

「しかし、片瀬はひとを殺した直後です。興奮状態にあった片瀬が周囲の人間のことをちゃんと見ていたかどうかわかりませんよ」

「……」

「ともかく、片瀬にきいてみます」

「お願いいたします」

さつきは立ち上がって頭を下げた。

さつきのためだけではなかった。もし、さやかに連れがいたなら、その男は片瀬を見ているのだ。

片瀬がどんな感じで金子さやかに襲い掛かったのか、連れの男は見ていたはずだ。その男の証言を聞いてみたかった。


翌日、水木はまた片瀬の接見に行った。

取り調べ中ということで、三十分以上待たされての接見だった。それも十五分と制限された。

接見室で待っていると、ガラスの仕切りの向こうの部屋に看守に連れられて片瀬がやって来た。

片瀬が座るのを待って、水木は切り出した。

「君が三人目に襲った金子さやかさんという女性のことを覚えていますか」

「夢中で、目の前に現れた女性を襲ったので、どんな女性だったか、はっきりとは覚えていません」

「若かったか、年配かは覚えているのでは?」

「三十代ぐらいのちょっときれいな女性でした」

犯行時、案外と冷静だったかもしれないと期待し、水木はきいた。

「その女性はひとりだったか、あるいは連れがいたのかわかりませんか」

「連れ？」

ちょっと当惑したように、

「そんなひとはいなかったようですが」

と、片瀬は答えた。

「よく、考えてください。君が金子さやかさんを刺したとき、さやかさんの隣に男性がいたかどうか」

「……」

片瀬は考えこんでいたが、ふいに顔を向け、

「その男性って、その女性の何なのですか。どういう関係なのですか」

と言い、すぐ付け加えた。

「女性といっしょにいたのなら、その男性に直《じか》にきけばいいんじゃありませんか」

「確かに、そうです。でも、その男性は姿を晦《くら》ました可能性があるんです」

片瀬は不思議そうな顔をして、

「どういうことですか」

と、きいた。

「金子さやかさんの妹さんは不倫相手といっしょに東京都美術館に行ったのではないかと疑っているのです」

「不倫相手……」

「不倫がばれてしまうから、連れの男は女性を置いて逃げたというわけです」

「それはありません」

片瀬はきっぱりと言う。

「ない？」

「そうです。あの女性はひとりでした。連れはいませんでした」

「少し離れて歩いていたかもしれませんね」

「いえ、連れはいませんでした。だから、私は安心して襲ったのです」

「妹さんは、姉は美術館にひとりで行くタイプではないから必ず連れがいたはずだと。わざと少し離れて歩いていたのかもしれませんね」

「先生、そのことが私の事件とどういう関係があるんですか」

「直接関係はありません。ですが、加害者である君にも人生があったように、被害者の方々にもそれぞれの人生がありました。君が起こした通り魔殺傷事件を総括して考えなければ事件の全容が見えてこないのです。それだけではない。君も被害者のことを知る義務があります。君が死刑を望むなら、よけいに君に殺されたふたりの人生がどんなものだったか、残された家族はどう生きていかねばならないのか、君は知らねばなりません」

「……」

片瀬は押し黙った。

看守が終了時間を告げにきた。

「もうひとりの犠牲者景浦仙一さんのご遺族にも会ってきます」

そう言い、水木は立ち上がった。

「先生。私は謝罪をしませんから。遺族にもそうお伝えください」

片瀬は被害者に対する関心がなさ過ぎる。片瀬の心を変えるには、被害者や遺族の苦悩をもっと知らせるべきだと思った。

## 3

中野区中野一丁目の城山《しろやま》公園の近くに景浦仙一の家があった。玄関横のポーチに車が停めてあり、小さな庭に柿の木が植わっている。

仏壇にはまだ遺骨があり、花や果物などがたくさん供えられていた。水木は手を合わせ景浦仙一の遺影を見た。

気品のある顔だちの紳士だ。私立東欧大学の教授で、四十八歳。大学でも人気の教授だということを窺い知ることが出来る。

仏壇から離れ、景浦仙一の妻女昌美《まさみ》と向かい合った。妻女はやさしそうな感じの美人だった。大学生の息子と娘は出かけていて留守だった。

「片瀬は死刑になりたくて犯行に及んだそうですね」

昌美はまだ悲しみの癒《い》えない感情を吐き出すように言った。

「はい。いまだに、そう主張しています」

水木は正直に答える。

「先生はなぜ、あんな男の弁護を買って出られたのですか」

それは質問というより非難に近かった。

「なぜ、死刑になりたいのか、その心理を知りたかったのです」

「わかったのですか」

「いえ、まだわかりません」

「複雑ですね」

昌美は苦い顔をした。

「片瀬を死刑にすることがですか」

「そうです。だって、自ら死刑を望んでいるのでしょう。その希望を叶えてやるなんて……」

「そういう声もありますが、かといってそれに代わる処罰はありません」

「死刑を望む犯人には、被害者遺族に死刑の執行を任せてもらえればいいのです」

昌美は強い口調で言う。

「どんな極悪人であれ、自分の手で殺したとなると後味の悪さがずっと消えずに心に残りますよ」

「……」

「それほどご主人を愛していらっしゃったのですね」

「はい。主人は素晴らしいひとでした。常に沈静で、やさしいひとでした。葬儀には大学の教え子さんたちもたくさんきてくださいました」

「ご主人は美術館にはよく行かれていたのですか」

「はい。絵の鑑賞は好きでした」

「いつもおひとりで？」

「そうです。連れがいると、じっくり鑑賞出来ないと言っていました」

「あの日は東京都美術館の鑑賞が終わったらすぐにご帰宅の予定でしたか」

「いいえ、大学の研究室にまわると言っていましたので、帰宅は夜遅くなると思っていました」

「周囲の信頼も厚かったのでしょうね」

「はい。後輩の面倒見もよく、人望があり、いずれは学長になると言われていました」

「家庭でもいいご主人であり、いい父親だったのでしょうね」

「そのとおりです。テレビのワイドショーに出演を依頼されたときも、そんなことで名が知れ渡ったって自己満足に過ぎない。かえって本業での向上心を削いでしまうかもしれないからと断っていました。自分の名誉より、まず家族、そして学生たちのことを考えていました。ほんとうに素晴らしいひとでした」

昌美は遺影に目をやり、

「あんな人間に理不尽に殺されるなんて……」

と、嗚咽を漏らした。

「ご主人のひととなりを片瀬に伝えておきます」

必ず片瀬を被害者に心より謝罪させる、水木はそう自分に言い聞かせた。


二日後、水木は片瀬と接見した。

「一昨日、景浦仙一さんの仏前にお参りをしてきました」

水木は切り出す。

「すでに知っているでしょうが、景浦さんは私立東欧大学の教授で、学生からの人望も厚く、評判のいいひとでした」

水木は景浦仙一の人柄を語った。

「加害者家族に偏見を持つような人間ではなかったようです。金子さやかさんもそうですが、あなたは加害者家族を差別する人間でなく……」

「先生」

片瀬は水木の言葉を制した。

「この前も言いましたように、加害者家族に偏見を持っていようがいまいが関係ないのです。偏見を持っていなかったとしたら、それは身近に対象の人間がいなかっただけのことで偏見がなかったとは言えません」

「ほんとうに偏見はなかったのかもしれませんよ」

「加害者家族の救済のために何かしていたのでしょうか。それをしていなければ、同類です。差別予備軍でしかありません」

「加害者家族の救済？」

水木ははっとした。

「君の狙いは加害者家族の救済を訴えることなのか。死刑云々《うんぬん》はそのための手段？」

「先生、私はひとのために犠牲になろうなんてこれっぽっちも思っていませんよ。それに、加害者家族の救済を訴えるため人を殺すなんてばかげています」

片瀬は口元を歪め、

「私は他人のために実行したのではありません。あくまでも自分のためです。私は死刑になりたいからひとを殺したのです」

「加害者家族の救済をなぜ訴えようとしないのですか。法廷で、そのことを訴えたらどうですか」

「そんな気はありません」

「……」

水木はため息をつくしかなかった。

「私は検察と警察で取り調べを受けてきました。正直に話してきました。これ以上、まだ何を調べるんでしょうか」

「起訴後、裁判であなたがそれまでと違う発言をした場合に備えているんでしょう」

「違う発言？」

「死刑になりたいという自白を覆されてもいいように対策を講じなければなりませんから」

「そういうことですか。早く、裁判になって死刑判決を受けたいのですが……」

片瀬は不満そうに言う。

「なぜ、そんなに死に急ぐのですか」

水木は話し相手になりながら片瀬の頑《かたく》なな心を解きほぐそうとしているのだ。

「この世に生きる場がないからです。二十二年前、父が捕まったあと、私は母の高校時代の親友のところに避難しました。でも、すぐそこにもマスコミのひとがやって来ました。母の知り合いを訪ねれば、容易に捜し出せたのでしょう。だから、私はまた別のところに引っ越しました。その先もすぐわかって……」

マスコミから逃れることは出来なかった。それで母の実家のある千葉市内に移り住み、そこから地元の小学校に通った。

事件から一年後に一審で陽平の父は死刑判決を受けた。ただちに、控訴したものの、控訴は棄却された。

死刑が確定したとき、母の実家にマスコミ関係者が押し寄せ、ふたたび悪夢がはじまった。陽平は死刑囚の子ということがわかり、学校でいじめに遭うようになった。

「そのとき、母とふたりで木更津《きさらづ》に引っ越し、そこの学校に転校しました。でも、私が中学校のとき、父の死刑が執行されると、またマスコミがやって来て……」

片瀬は苦痛に歪んだ顔で、

「私は母の叔母の養子になって姓を変え、母と離ればなれになって暮らしました。

でも、就職などことあるごとに死刑囚の子ということがわかってしまいました」

決定的だったのは、婚約者との別れだ。四年前、結婚を約束した女性から突然、別れ話を持ち出された。彼女の母親の口から出た一言が、片瀬の生きる希望を奪ったのだ。

娘を死刑囚の子どもにはやれない。

「婚約を解消されたことに母はショックを受けていました。間もなく、母は倒れ……。それから、私は死に場所を求めて彷徨《さまよ》いました。崖から飛び下りようとしたり、鉄道に飛び込もうとしたり……。でも、死ねなかった。死ぬ勇気がなかったわけではありません。ここで死んだら犬死にだと思ったんです。死刑囚の子ということで社会から弾《はじ》かれた人間は社会の手で命を奪われるのが当然だと気づいたのです」

「今のことは警察でも地検でも話しているんですね」

「はい」

「裁判でも？」

「そうです」

「通り魔殺人を起こす前からそういう考えでいたのですね」

「そうです」

「しかし、法廷で今の話を聞けば、裁判員はみな君の悲惨な人生に同情をするんじゃないですか。いや、同情するはずです。そしたら、死刑判決まで至らないかもしれません」

「困ります。先生のお力によって死刑判決を」

「そこまで死刑にこだわった君がなぜふたりしか殺さなかったのか、そのことが私にはわからないところです」

片瀬が何かを言おうとするのを制して、

「ふたりしか殺せなかったわけがありません。逃げまどう女性を追い掛けることもしていませんね。それより、君自身が逃げている。なぜ、逃げたのですか」

「……」

はじめて片瀬が返答に窮《きゅう》したようになった。

「はじめから捕まる覚悟だったはずです。だったら、あと何人か襲えば、確実に死刑判決を得られたはずです」

「怖くなったのです」

「怖くなった？　何が怖くなったのですか」

「ひとを殺すことがです」

「しかし、あなたは自分が死刑になりたいから犯行に及んだのでしょう。それにふたりも殺していて、どうしてひとを殺すことが怖くなったのですか」

「……」

「君は何かを隠していますね」

「いえ」

声に力がない。

「私は君の弁護人です。場合によっては君に死刑判決がでるような弁護をするかもしれないんです。でも、君が隠し事をしているとなったら、そういう弁護は出来なくなります」

「ほんとうは……」

片瀬は俯いていたが、ふいに顔を上げ、

「ほんとうは？」

水木は促《うなが》す。

「金子さやかさんという女性の隣にがっしりした体格の男がいたんです。金子さんを刺したあと、その男にすごい形相で睨まれ、怖くなって逃げだしたんです」

「金子さやかさんは男性といっしょだったと?」

「そうです」

「なぜ、今まで黙っていたのですか。私が金子さやかさんに連れがいなかったかときいたときも言いませんでしたね」

「怖くなって逃げたと言えなかったのです」

片瀬は俯いた。

「どんな男性でしたか」

「大柄でがっしりした男としか……、あとは目が大きかったことしか覚えていません」

「年齢は?」

「四十歳ぐらい」

片瀬は首を傾げながら言う。

片瀬がほんとうのことを語っているのかどうか。しかし、さやかに同伴者がいた可能性は妹のさつきも訴えていることだ。

「事件後、その男は現れていません」

水木は不審そうに言う。

「私も不思議に思っていましたが、前回の先生の言葉でわかりました。その男は不倫相手だったのです。だから、その場から逃げたのだと思います」

片瀬は夢中で言う。

「あと、何か覚えていることは？」

「いえ」

片瀬は首を横に振った。

「他に隠していることはありませんか」

「……」

片瀬は口を開きかけた。だが、すぐ閉ざされた。

「なんですか」

「父は……」

迷いを吹っ切ったように、片瀬は切り出した。

「父はひとを殺していません。父が死刑になったのは間違いです。私は法廷で、父の事件の再捜査を訴えるつもりでした」

「死刑になりたいというのはほんとうなんですか」

「ほんとうです。死刑を望む人間の最後の頼みとして父の事件の再捜査を口にするつもりでした」

「どうして、君は宗像武三が殺したのではないと思うのですか」

「父が法廷で叫んだのです。殺したのは仙波太一だと」

「しかし、宗像武三の弁護人だった河合貞一弁護士は……」

「あの弁護士は嘘をついているんです」

「どうしてそう思うのですか」

「河合弁護士は途中から態度が変わったそうです。最初は父は殺しをしていないと断言していたのにです。それで、母がきいたところ、仙波太一の弁護人は私の師筋に当たる御方だからと、河合弁護士から言われたそうです」

「そうですか」

「おかしいではありませんか。相手の弁護士が大物だからって事実を曲げることは出来ないはずです」

「そのとおりです」

「でも、実際はねじ曲げられたのです」

「その証拠はあるのですか」

「ありません。でも……。あのときの刑事さんが話してくれたそうです」

「あのときの刑事さんとは？」

「父を逮捕した刑事さんです。目つきの鋭い刑事さんでしたが、私にはやさしくしてくれました。坊や、いいね。どんなことがあってもくじけちゃだめだ。お母さんを守ってやれるのは坊やしかいないって言ってくれました。その刑事さんが、父の命日にお墓参りに来てくれたそうです。たまたま会った母に、その刑事さんはぽつりと言ったそうです。私は宗像武三が殺したということに疑問を持っていると」

「その刑事の名はわかりますか」

「いえ、わかりません」

「しかし、刑事の言葉だけでは立証出来ませんね」

「先生」

片瀬がガラス越しに顔と手をつけ、

「父の無念を晴らしていただけませんか」

と、訴えた。

「二十二年前の事件を調べろと？」

「はい、お願いします」

「しかし、容易ではありません」

無実の人間を死刑にしたというわけではないが、死刑にすべきではない被告人を死刑にしたことを検察や裁判所が認めるはずがない。

それを証明するのは至難の業《わざ》だ。ただ、僅《わず》かな望みは、共犯のふたりがまだ生きていることだ。仙波太一は無期、米田進は懲役二十二年。米田はそろそろ出てくるころだ。あるいは、仮釈放が認められたら出所しているかもしれない。

「村越院長夫妻を殺したのが仙波太一の可能性があることだけでもわかればいいんです」

「ともかく、出来るだけのことはしておきましょう」

「お願いします」

片瀬は立ち上がって深々と腰を折った。

警察署の玄関を出てから携帯で金子さつきに電話を入れた。ちょうど休憩時間だということで、水木は片瀬から聞いた話をした。

「お姉さんは、目が大きく体のがっしりした男といっしょだったと片瀬は言っています」

「体のがっしりした男ですか」

さつきが不審そうに言ったのは、職場の部長と印象が違うからだろう。

「ただ、片瀬がどこまでほんとうのことを話しているかわかりません。もしかしたら、わざと違う印象を話しているかもしれません」

水木に会わせないようにするためだ。片瀬にとって何かまずいことを、その男が見ているかもしれない。それが何か想像はつかないが、まだ片瀬を百パーセント信用するわけにいかない。

急に、父親の事件を調べてくれと言い出したことにも不審がある。さやかに連れがいたかもしれないことを持ち出したあと、片瀬の態度が変わったようだ。

それまで父親の事件のことは関係ないと言っていたのだ。今になって調べてくれというのは、水木の目をさやかの連れから逸らす狙いがあるのではないかと勘《かん》繰《ぐ》りたくなる。

「これはあくまでも念のためにおききするのですが、最近、お姉さんの精神状態はいかがでしたか」

「精神状態?」

「落ち込んでいたり、いらついていたりとか……」

「いえ、そんなことはありません。何か、姉のことで?」

さつきが不安そうにきいた。

「いえ、なんでもありません」

水木は否定する。

さやかの連れの男を水木に会わせない理由を考えたとき、連れの男と片瀬が顔見知りだったからだと想像したのだ。

もしふたりが顔見知りだとしたら、ふたりは示し合わせていたということになる。つまり、通り魔殺人に見せかけて金子さやかを殺したということだ。

もしそうだとしたら、いくつかの疑問が氷解する。

片瀬はエントランスロビーで金子さやかと連れの男がやって来るのを待っていた。そして、ふたりがやって来たのを見計らって犯行に及んだ。

通り魔殺人に見せかけるために近くにいた景浦仙一を殺し、警備員に軽い怪我を追わせ、玄関に向かった金子さやかを殺して逃げだす。片瀬の狙いはさやかだけなので、もうその場に用はないので逃げたのだ。その途中、津波松三に掠り傷を与えて一目散に逃げた。もし、ほんとうに死刑になりたいのなら、逃げる必要はなかった。取り押さえられるまで、殺戮を続けたほうがよかったはずだ。

が、それはありえないと思い直した。逮捕された片瀬に、連れの男をかばう理由があるだろうか。

やはり、この考えは現実的ではない。そう思った。

さつきにはがっしりした男を捜してもらうように頼んで電話を切ったが、そんな男はさやかの周辺にいないように思えてきた。

4

翌日、水木は検察庁の合同庁舎ビルの玄関を出てからまぶしそうに空を見上げた。秋の澄んだ空にいわし雲が浮かんでいる。

(ありえない)

水木は内心で呟いた。

地検の資料課に赴《おもむ》き、二十二年前の村越医院強盗殺人事件の裁判資料を閲覧しようとしたら、さんざん待たされたあげく、資料がないという係官の返事に耳を疑った。

「資料がないというのはどういうことですか」

「私にもわかりません」

若い係官は困惑して言う。

「誰かに貸しだしているのでしょうか」

「いえ、それはありません」

「変ですね」

「ええ、変です」

若い係官では要領を得なかった。

「すみませんが、どなたか事情を知っている方がいるかどうかきいてもらえませんか」

「でも、ないものはないので」

「紛失したとしたらたいへんなことではありませんか」

「少々お待ちください」

渋々、係官は奥に引っ込んだ。

しばらくして、年配の男が出てきた。

「お尋ねの資料ですが、もしかしたら当時の係の者が間違えて廃棄処分にしてしまったかもしれません」

水木は耳を疑った。

「廃棄ですって?」

「あくまでも手違いです。当時の事情を知る者を捜して調べますので、しばらくお時間をください」

年配の係官は冷たい目で言う。

「わかりました。二、三日後にまた参ります」

そう言って水木は引き上げたが、裁判資料はもうないだろうと思った。

問題は誤って処分してしまったのか、何らかの意図があってのことか。

そして、このことは練馬中央署でも再現された。

地検がだめなら警察だと、練馬中央署に行ったら捜査資料がなくなっているということだった。

同じように、誤って廃棄してしまった可能性があるという回答だった。水木は唖然《あぜん》として、言い訳をきいていた。

その日の夕方、水木は西新宿のビルの五階にある河合貞一法律事務所の応接セットで河合弁護士と向かい合った。

「二十二年前の宗像武三の事件の裁判資料はありましたか」

水木はきいた。

「見つかりませんでした」

「見つからなかったのですか」

半ば予想した返事だったが、水木はさすがに呆れた。

「まさか、誤って廃棄したわけではないでしょうね」

「たぶん、処分してしまったんでしょう。二十二年前ですからね」

「驚きました」

水木は呆れて言う。

「じつは地検と練馬中央署に行って来ました。裁判資料も捜査資料も誤って廃棄してしまったそうです。不思議ですね。どうして宗像武三に関わる資料がなくなってしまったのでしょうか」

「さあ、私にはわかりません。ただうちはご覧のように部屋が狭いですからね。古いものは捨てざるを得ないのですよ」

河合はにやついて言う。

「宗像の子の片瀬陽平は、法廷で死刑判決を望み、併せて父親の死刑が誤っていると訴えるそうです」

「……」

「じつは、片瀬から二十二年前の事件を調べるように頼まれたのです。もしかしたら再審請求をするかもしれませんね」

「ばかな」

河合は口元を歪めた。

「それにしても不思議です。いざ調べようとしたら、地検と練馬中央署、そして河合先生の事務所まで裁判資料がなくなっているんですからね」

「偶然です」

「こんな偶然があるのでしょうか」

「現にそうなっているじゃありませんか」

「財部先生のところもないでしょうね」

財部は仙波太一の弁護人だった。数年前に亡くなっているが、若いころ、河合は財部の事務所でイソベンをしていたことがある。

この両者の関係が事件の判断に大きな影響を与えたことがなかったか。水木は疑いを抱いていた。

「事務所のあとを継いでいるのは財部先生の息子さんですね」

「そうです」

「河合先生は息子さんとも交流は？」

「あります。昔からよく知っています」

「そうですか。お願いがあるのですが、河合さんから裁判資料があるかどうかお尋ねしていただくわけにはいきませんか」

「無駄だと思います」

「なぜですか」

「財部先生がお亡くなりになったあと、古い資料を整理しています。残っていませんよ」

河合は吐き捨てるように言う。

「すると、この世から宗像武三に関わるものはすべて消えてしまったということですね」

「結果的には……」

「結果的にはですか」

水木は呆れてから、

「宗像武三の弁護をしているとき、仙波太一の弁護人の財部先生からは何か圧力はなかったのですか」

「圧力？　そんなもの、あるわけないではありませんか」

　河合は苦笑しながら言う。

「そうでしょうね。でも、宗像は院長夫妻を殺したのは仙波だと言い、仙波は宗像だと言っていたんですね」

「米田も宗像だと言ってましたた。二対一ですからね。どっちの言い分が正しいか、自明の理ではありませんか」

「仙波と米田はもともと親しい間柄だったんでしょう。確か、同じ会社の同僚でしたね。ふたりが口裏を合わせていたことは十分に予想出来るのではありませんか」

「そんなことはありません」

「どうして、そう言えるのですか」

「……」

「ともかく、裁判資料がなくなっているのは痛いですね。まるで、将来、この事件を再調査されるのを恐れて資料を棄てたように思えてなりません」

「水木先生は想像がたくましい」

「そう考えないと説明がつきません。なにしろ、事案は死刑にすべきではない被告人を死刑にしてしまったことですからね。殺人に関しては冤罪だった可能性がありますす」

「それはありませんよ。宗像が殺したことは明らかでしたから」

「河合先生は宗像の弁護人でしたね」

「何が仰りたいのですか」

「話を聞いていると、誰の弁護人だったかわからなくなったので。一瞬、仙波太一の弁護人かとも思いました」

「ばかな」

河合は不快そうな顔をした。

「水木先生。もうよろしいですか。そろそろ出かけなければならないのです」

河合は逃げるように言った。

「これは失礼いたしました。また長居をしてしまいました」

水木はすまなそうに言い、

「河合先生は、宗像武三が死刑を執行されたと聞いたとき、どう思われましたか」

「どうって……。それは感慨深いものがありました。弁護人でしたからね」

「結果的には被告人を守ってやれなかったのでしょう」

「しかし、殺しているのに殺していないと言い張っていたのですから」

「弁護人のあなたが、殺しているとどうしてわかったのですか」

「……」

「宗像が殺したというはっきりした証拠があったのですか」

「ありました」

「それはなんですか」

「忘れました」

「忘れた？」

「二十二年前のことですからね」

「しかし、宗像が嘘をついていたことが、その証拠でわかったわけですよね。それほどのものを忘れたのですか」

「水木先生はまるで私を取り調べているみたいですね」

「いえ。裁判資料がないので、どうしても河合先生にお尋ねするしかないのです。どうか、ご了承ください」

「ともかく、私にとっては昔のことですからだいぶ忘れています。水木先生のお役に立てるものはありません」

河合は立ち上がった。

「わかりました」

水木も立ち上がり、

「また、お訪ねしてもよろしいでしょうか、まだききたいことが」

「ですから、お役には立てないと……」

「覚えていることだけでも教えていただけたら結構です」

水木は相手を追い込むように言う。

河合は渋い顔で頷いた。


その夜、水木は松戸の自宅に帰った。

玄関の明かりに、ふと信子の笑顔を思い浮かべたが、水木はすぐため息をついた。信子はもういないのだ。

急に寂寥感《せきりょうかん》に襲われたが、玄関の扉を開けて、出迎えてくれた裕子を見て思わずほっとして口元が綻《ほころ》んだ。

「お帰りなさい」

「ただいま」

自然に裕子は鞄を受け取り、奥に向かった。

いつも裕子は事務所から一足先に帰り、夕飯の支度をして待っていてくれるのだ。

水木は帰ると真っ先に仏壇に向かう。線香を上げ、手を合わせる。

「やっぱり、片瀬は隠し事をしていたよ。金子さやかの連れのこと、どこまでほんとうのことを話しているかわからない。それより、裁判資料や捜査資料が廃棄されていたんだ。おかしいと思わないか」

水木は仏壇の前で信子と語り合う。信子が頷きながら聞いてくれている。そう信じているのだ。

「でも、心配ないよ。練馬中央署でね、二十二年前に宗像武三を逮捕した警部補の名前と連絡先を教えてもらったのだ。紺野啓介《こんのけいすけ》というひとだ。明日会うことになった」

練馬中央署で二十二年前の事件の捜査資料がなくなっていると知ったあと、担当の警部補のことを聞いたら、さすがに捜査資料がないことですまないと思ったのか、調べてくれたのだ。

いつの間にか、裕子もいっしょに並んで手を合わせていた。

水木はようやく仏壇の前から離れた。

食卓に、信子がよく作ってくれた牛肉とえのき茸のバター炒めにサラダ、わかめスープと水木の好みの料理が並べられていた。

「いただきます」

水木は箸《はし》を摑み、牛肉とえのき茸のバター炒めをつまんで口に運んだ。その瞬間、ふいに胸の底から突き上げてくるものがあった。

「どうかなさいまして」

裕子が驚いてきいた。

「いや、信子が作ってくれたのと同じ味がして」

「よかったわ。やっと同じ味が出せて」

裕子は素直に喜んでくれている。

イソベン時代を経て新橋烏森口に水木邦夫法律事務所を開いた当初は、信子が事務員として働いたが、事務所が軌道に乗り出して以来、裕子がずっと事務員として働いてくれてきた。

一度結婚退職したが、結婚後も家族同士でのつきあいは続いた。裕子が離婚したあとは、裕子と信子はさらに親しさが増したようだった。

信子が亡くなったあと、弁護士を辞めるつもりでいたが、復活したとき、裕子は再び事務員として働いてくれるようになり、さらに水木の食事の世話をしてくれる。

若いころ、新橋に事務所を持ったとき、まさに信子が今の裕子のように尽くしてくれたのだ。

「ありがとう。君がいなかったら、私はだめになっていた」

水木は素直に頭を下げた。

「いやですわ、そんな真似をされては……」

裕子は照れながら、

「さあ、いただきましょう」

と、箸を手にした。

夕食後、後片付けが終わって、裕子は引き上げる。

玄関まで見送ったとき、

「もしよかったら信子の部屋を……」

と、水木は無意識のうちに口に出してはっとした。アパートを引き払い、ここで暮らしたほうがと言おうとしたのだ。

「いや、夜帰るのはたいへんだから」

あわてて、水木は言う。

「もしよかったら、だ。気をつけて」

「はい」

裕子は微笑《ほほえ》みを残して帰って行った。

急に寂しくなって、水木はまた仏壇の前に座った。


翌日の夕方、水木の事務所に紺野啓介がやって来た。

きのう電話をしたら、事務所に来てくれるということになったのだ。警察を定年退職後、去年から運送会社で働くようになったという。警察OBの紹介なのだろう。

紺野は中肉中背《ちゅうにくちゅうぜい》で、顎の尖った顔をしていた。元刑事の名残は鋭い眼光に窺えた。

裕子がお茶を置いて去った。

「わざわざ来ていただいてすみません」

改めて水木が礼を言うと、紺野は首を横に振り、

「私も片瀬陽平のことは驚きました。他人事とは思えないのです」

と、応じた。

「片瀬は紺野さんにはやさしい言葉をかけていただいたと話していました」

「私にも子どもがいましたから、宗像武三の妻子が不憫《ふびん》でなりませんでした。その後、どんな人生を送ったのか気にしていたのですが」

紺野は暗い顔になった。

「加害者家族の悲劇を身をもって味わっています。死刑囚の子という烙印はどこまでも片瀬陽平を追い掛けてきたようです」

「やはり、死刑になりたいから犯行に及んだのですか」

紺野は眉根を寄せてきいた。いかつい顔に似合わない人情派の刑事だったと思わせるような表情だった。

「本人はそう言っています。ただ、最近になって、父親の死刑について法廷で再捜査を訴えると言い出し、私に二十二年前の事件を調べ直してくれと」

「調べる？」

「はい。それで、地検と練馬中央署に行ったらすでに資料は廃棄されていたのです」

「きのう、電話で水木先生からそのことを聞いて驚いて、きょう練馬中央署に行ってきました。やはり、捜査資料はありませんでした」

紺野は信じられないというような顔をした。

「誰かの指示があって廃棄したのでしょうね」

水木はきく。

「そうでしょう。個人が勝手に処分出来ません。組織的にやったのだと思います。いつどんなことで捜査資料が調べられるかわかりませんからね。現に、今そういう事態になっています」

「じつは宗像武三の弁護をした河合弁護士も裁判資料を処分しています。仙波太一の弁護人だった財部弁護士はすでにお亡くなりになっていますが、おそらく裁判資料は持っていないと思われます」

「関係者全員が絡《から》んでいっせいに資料を棄てたようですね」

紺野は顔を歪めた。

「やはり、村越夫妻を殺したのは宗像武三ではなかったのでしょうか」

水木は確かめる。

「私は仙波太一だと思っています」

紺野ははっきり言った。

「逮捕された仙波と米田は揃って宗像に誘われて強盗に入り、院長夫妻を殺したのも宗像だと言っていました。ふたりの主張は一致しており、その線での取り調べになりました。あとはその流れに乗って起訴まで行きましたが、私はだんだん違和感を覚えだしたのです。あまりに仙波と米田の証言が同じだからです。ふたりは同じ職場の仲間で、いつもつるんでいる間柄です。ひと殺しの罪だけは逃れようと、ふたりは口裏を合わせ、その罪を宗像におしつけたのだと思いました。私の意見は通りませんでしたが、裁判になれば明らかになるという期待はありました。宗像が殺したとするにはいくつかの疑問が生じるからです。裁判で、この点を弁護士がつけば形勢は変わると思ってましたから。でも、宗像の弁護人は何もしませんでした。私も証人として法廷に呼ばれましたが、肝心な点は何も質問されませんでした」

「やはり……」

水木は憤然《ふんぜん》とした。

「何か」

紺野がきいた。

「仙波の弁護人の財部弁護士は宗像の弁護人の河合弁護士の師でもあるのです。あくまでも想像でしかありませんが、もし河合弁護士が宗像に有利な弁護をしたら師の財部弁護士を苦しめることになるので自粛した。あるいは……」

水木は言いよどんだが、

「あるいは、財部弁護士が河合弁護士に圧力をかけたか」

「そうですか。そういうことなら、弁護人が核心に触れなかったわけが理解出来ます」

紺野は憤然と言う。

「おそらく、宗像武三の死刑が執行されたあと、誰かの号令で資料一切を廃棄したのではないでしょうか」

水木は想像を述べ、

「紺野さん、練馬中央署で捜査資料がいつごろ廃棄されたかを調べていただけませんか」

「わかりました。やってみましょう」

紺野は請け負ってから、

「しかし、宗像武三の死刑が間違いだったと裁判所や地検が認めるでしょうか。たとえ、無辜の人間ではなかったにしろ、死刑になるべき人間ではない者を殺したことになりますからね」

「認めないでしょうね。それに、今からその立証をするのはほとんど無理でしょうね。裁判資料がないのですから。でも、問題提起はしないといけない」

水木は覚悟を示し、

「私は資料を廃棄したきっかけにも興味があるのです。誰が命令を出したのか。なぜ、そうせざるを得なかったのか」

「わかりました。及ばずながら、私もお力になります」

そう言ったあとで、

「ところで先生、宗像武三の奥さんはいかがしているのですか。今度の事件ではかなりショックを受けているでしょうから」

と、紺野はきいた。

「片瀬陽平の母親は亡くなっています」

「そうですか。亡くなったのですか」

紺野は目をしょぼつかせ、

「宗像武三に会いに行ったとき、奥さんにもお目にかかりましたが、やさしい感じの美人でした。不幸な人生を送ったのでしょうね。可哀そうに」

「宗像武三のお墓でお会いになったそうですね」

「そうでした。偶然にお会いしました。まだ若かったのに白髪《しらが》が目立って、あまりの変わりように驚いたものです」

「そうでしたか」

そのとき、紺野はあっと叫んだ。

「あの女性はご主人を死刑で失い、今度は息子が死刑に……」

そう言い、紺野は言葉を詰まらせた。

水木もせつなくなって声をあげそうになった。

# 第三章　不倫相手

## 1

勾留期限間際に片瀬陽平は起訴され、身柄を東京拘置所に移された。

その日の夕方、東京地検の笹村秀樹検事が新橋烏森口にある水木の事務所にやって来た。片瀬陽平の担当検事である。

「すみません。突然」

執務室の応接セットで向かい合って、笹村は突然の訪問を詫びた。

「電話をもらったときにも驚いたが、ここまでやって来ると聞いたときにはもっと驚いたよ」

水木は正直に応じた。

笹村秀樹は司法研修所時代の同期だった笹村弁護士の息子である。その関係から、片瀬の弁護人になる労をとってもらったが、被疑者の弁護人という立場を考えてその後は連絡をとらなかった。

裕子が茶を運んできた。

「お久しぶりです」

裕子が挨拶をして、茶托と湯呑みを置く。

「すみません」

笹村は頭を下げた。

裕子が下がってから、

「片瀬陽平を起訴しましたが、じつはなんとなくすっきりしないんですよ」

と、笹村は気重そうに切り出した。

「どういう点がだね」

「死刑になりたいからという動機は一貫していました。取り調べにも素直に応じ、まったく供述にもぶれがありません」

「そうだろうね」

おそらく、片瀬は自分に接するのとまったく同じ姿勢で担当検事と向き合っているのだろうと思った。

「つまり、片瀬陽平はあまりにも冷静なんです。死刑囚の子は今の社会では受け入れられない。社会が自分を見捨てた。私は生きていたいのに生きられない。ならば、社会が私を殺すべきだという主張です。正直、このまま起訴していいのだろうかという不安があるんです」

「不安というのは、片瀬には他に目的があるのではないかということだね」

水木は察して言う。

「はい。気になるのは、片瀬の父親は死刑が執行されているということです。片瀬は父親は強盗事件で、ひと殺しはしていないと思っているようですね。このことを、法廷で持ち出すんじゃないでしょうか」

「その可能性はあるが、そのことを法廷で訴えてもそれを証明することは出来ないし、それによって事件の再捜査が行われることはありえない」

水木は現実を口にしたが、

「そうなんですが」

と、笹村は屈託ありげに言う。

「どうしたね。いつもの君らしくなく、ずいぶん気にするじゃないか」

「水木さん、じつは……」

笹村は一拍の間を置いて続けた。

「片瀬はこの八月に千葉刑務所に米田進の面会に行っているのです」

「米田進の？」

意外に思って、水木はきき返した。

「はい。以前から手紙のやりとりはしていたそうですが、今回、宗像武三の子どもということで特別に面会が許されたようなんです」

「……」

平成七年二月十日に練馬区豊玉北七丁目の村越医院で発生した強盗殺人事件で、片瀬陽平の父親宗像武三、仙波太一、そして米田進の三人が逮捕された。

主犯の宗像武三は死刑、仙波太一は無期懲役、米田進は懲役二十二年の判決を受けた。事件から八年後に宗像武三の死刑は執行された。

「米田はそろそろ出てくる頃では……」

水木は呟《つぶや》くように言う。

「年内には出てきます。ですから、片瀬の裁判がはじまったときには、米田は社会に復帰しているんです」

笹村は身を乗り出し、

「もしかしたら片瀬は米田進と示し合わせているのではないでしょうか」

と、厳しい表情で言う。

「何を示し合わせているというのだね」

「裁判で、片瀬は宗像武三の殺人を否定し、米田もまたマスコミに宗像武三の殺人は嘘だったと訴えるのでは？」

「米田は、仙波太一が殺したと訴えると？」

「そうです」

「もし、片瀬の言い分が正しかったとしたら、宗像武三に殺人の責任を押し付けるために、仙波太一と米田進のふたりは口裏を合わせたということになる。今になって、米田が仙波を裏切るのはどうしてだ？」

「わかりません」

「このことを片瀬にぶつけてみたのだろう。片瀬の反応は？」

「父親の事件の真実を知りたいので米田に接触したと話していました。でも、ほんとうのことを話してくれそうもなかったと言っていました」

「米田進には会いに行ったのか」

「行きました」

返答に間があった。

「君が？」

「いえ、地検の他の人間です」

「笹村くん」

水木は笹村がわざわざやって来た理由に疑問を持った。

「君はほんとうに片瀬のことだけで私に会いに来たのかね。ひょっとして、米田進と示し合わせているかどうか、そのことを確かめにきたのではないのか」

もし、片瀬が法廷で宗像武三の件を訴え、それに呼応して米田がマスコミに同じことを訴える。その計画に弁護人の水木も加担している。地検はそう考えたのであろう。

「すみません。そのとおりです」

笹村が素直に認めた。

「上のほうが、この件について敏感になってまして。なにしろ、片瀬はまるで米田の出所と合わせたように事件を起こしたのではないかと思われるので」

「偶然ではないのか」

「でも、宗像武三はすでに死刑が執行されています。もし、殺しが宗像ではなかったら、死刑にすべきではない人間を死刑にしてしまったことになります。それで、片瀬の意図を確かめることに……。死刑になりたいから無差別にひとを殺したという動機があまりにも異常ですので」

「片瀬が私に注文をしているのは、ただひとつだけ。死刑判決が出るように弁護をして欲しいということだけだ。米田進の話は一度も出ていなかった」

「そうですか」

笹村はため息をついて体を後ろに引いた。

「なぜ、地検はそれほど敏感になっているのだ？」

水木は疑問を口にした。

「なぜって、ですから片瀬は米田の出所と合わせて事件を……」

「そうだとしても、宗像武三の死刑が妥当であれば何ら問題ないはずではないか。それとも、宗像武三の死刑判決に何か問題があったと地検は考えているということか」

「そうじゃありません。ただ、片瀬の異様な動機と米田の訴えによって、世間に誤解を招きかねないからです。このことを利用して死刑廃止論者が騒ぎ立てるかも……」

「それにしても、過敏過ぎないかね」

「それは……」

笹村は言いよどんだ。

「ほんとうは宗像武三はひとを殺していないと疑っているからではないのか」

水木はなおもきく。

「違います、そういうことではありません。地検の捜査に瑕疵《かし》はありません」

「では、宗像武三の死刑は妥当だったというのか」

「もちろんです」

「君は二十二年前のその事件について調べたことがあるかね」

水木は確かめる。

「いえ、ありません。必要もありませんから」

「しかし、こういう事態になったら、改めて自分の目で検証してみようとは思わないか」

「もちろん、片瀬と米田の言い分に少しでも信憑性があれば、調べます」

笹村は正義感に満ちた目を向けて言った。

「そうだろうね。君ならそうすると思う」

水木が頷いた。

「水木さんはお調べになったのですか」

笹村が逆にきいた。

「いや、そうしようとしたが出来なかった。君は知らないのだな」

「なにがですか」

どうやら、笹村は裁判資料がなくなっていることを知らないようだ。

「宗像武三にかかわる強盗殺人事件の裁判資料が紛失していることだ」

「えっ？　まさか」

「先日、地検の記録係に行ったが、誤って紛失したということだった」

「紛失？　まさか」

笹村は意外そうに言う。

「再捜査しようにも資料がなくては何も出来ない」

「信じられません」

「しかし、事実だ」

「マイクロフイルム、あるいは電子ファイル化するとき、何らかの手違いがあって……」

「ところが、所轄警察署でも捜査資料がなくなっている。じつに不可解だ。同じ事件に関する書類が地検と警察で紛失している」

「……」

「なんらかの意図が働いているとしか思えない。つまり、あえて廃棄したのだ。将来の禍根を断つためにだ。図らずも、今回、そのことが役に立ったというわけだ」

水木は憤然とする思いで、

「仮に、裁判で片瀬が何を言おうが、また米田進が何を打ち明けようが、二十二年前の事件を調べ直すことは出来ない」

「……」

笹村は言葉を失ったままだ。

「だから、私は地検がそんなに過敏になるはずないと言ったのだ。それなのに、なぜ、地検の上層部は片瀬の言動を気にしているのかわからない。まあ、考えられることは、万が一、片瀬の言い分が通り、再捜査が決定したとき、裁判資料がなくなっていたことが明るみに出る。そのことで疑惑が膨らむことを恐れたのかもしれないが」

　ふと、水木は思いついたことがあって、

「宗像武三を取り調べた検事は誰か知っているかね」

と、きいた。

「棚橋豊《たなはしゆたか》……」

「東京高検の棚橋豊？」

　地検の特捜部長から高検へとエリート街道を驀進《ばくしん》している検事長の棚橋豊の名は法曹界でも有名だ。いずれ検事総長になると言われている。

「でも、私が言われたのは地検の部長からです。棚橋検事長とは直接関係ありません」

　笹村の声が震えを帯びていたのは、彼もまた何らかの不審を抱いたからではないか。

「それはそうだろう。検事長が君に直に命令をするはずないからね」

「……」

　地検・警察にとって、最悪の事態は死刑にすべきではない人間を死刑にしてしまったことだ。無実の人間を処刑したというわけではないが、本来なら無期懲役、あるいは長期の有期刑が妥当だった。

もし、そうなら事件当時三十二歳だった宗像武三は現在五十四歳で生存しているはずだ。

しかし、裁判資料や捜査資料がない以上、この事件の再捜査は不可能だ。だが、米田も巻き込んで片瀬が宗像武三の死刑に異議を唱えたら再捜査すべきだという気運が盛り上がるかもしれない。そのとき、裁判資料や捜査資料がなくなっていることが明るみに出るはずだ、そうなったら世間の印象はどうか。

地検や検察は捜査や取り調べになんら問題はなかった、宗像武三が村越医院の院長夫妻を殺したことに間違いなかったと答えるであろう。だが、裁判資料や捜査資料を紛失したことにどう答えるか苦慮するはずだ。

「裁判資料については、帰って調べてみます」

笹村は深刻そうな顔で言い、引き上げて行った。

水木は執務机に戻り、笹村の言葉を反芻《はんすう》した。

片瀬が米田進に面会していたことに軽い衝撃を受けていた。片瀬はまったくそのことを口にしなかった。

こっちが質問をしなかったからと言われればそうかもしれないが……。

死刑囚の子どもということで社会に生きる場を失った。だから死刑になりたくて犯行に及んだ。そう片瀬が法廷で訴えたあと、米田進がマスコミに対して片瀬の主張を裏付ける発言をしたらどうなるか。

これが片瀬の狙いだったのだろうか。しかし、米田にどんな利益があるのだ。何が目的で自分が嘘をついたことを打ち明けるのか。

## 2

翌日、小雨が降る中、水木は綾瀬の駅から東京拘置所に向かった。もうここに何年通っているだろうか。

三十分後に拘置所の接見室で、片瀬陽平と会った。

「いよいよ起訴されました」

水木は口を開いた。

「はい。二十二年前の事件で起訴されたあと死刑執行までの八年間、父がここにいたのかと思うと、なんだか父と触れ合うことが出来るような気がします」

片瀬は口元を微かに綻ばせた。

「そのことだが」

水木は切り出した。

「君は今年の八月に千葉刑務所に米田進に面会しに行ったそうだね」

「はい」

片瀬は素直に認めた。

「なぜ、私に話してくれなかったのですか」

「話す必要はないと思っていましたから」

「しかし、君は父親の殺人を否定している。米田進は仙波太一とともに父親にひと殺しの罪をなすりつけた男ではないですか」

「そうです。今ならほんとうのことを話してくれるのではないかと期待して会いに行ったんですが、正直には答えてくれませんでした」

「そのことと今回の事件は関係あるのですか」

「関係ありません」

水木は片瀬の目を見つめたが、心の内までは読めなかった。

「米田進はよく君と会ってくれたね。自分が罪をなすりつけた男の子どもに会うのは勇気がいったと思いますが？」

「良心の呵責《かしやく》があったんだと思います。だから、手紙のやりとりをしてくれたんです」

「いつから手紙を？」

「三年前にはじめて手紙を書きました。最初のうちは何度出しても返事をくれませんでした。はじめて返事をくれたのが去年の春です。それからは何度かやりとりをしました」

「内容は？」

「事件に触れないようにしました。ただ、自分の置かれている状況は書きました。社会から疎外されていることを……。死刑囚の子どもだからといって結婚がだめになったと書いたときには、すまないと一言書いてあったんです。そのすまないの言葉の意味を手紙で尋ねました。でも、そのことへの答えはありませんでした。だから、どうしても会って、ききたかったんです」

「父親を貶《おとし》めた罪を詫びているのかと思ったんですね」

「はい。でも、苦しそうに顔を歪めるだけで、答えてくれませんでした」

片瀬は首を横に振った。

嘘をついているようには思えなかった。それとも、片瀬は平然と嘘をつける人間なのだろうか。

「ほんとうは、米田進は宗像武三にひと殺しの罪をなすりつけたと打ち明けてくれたのでは？」

水木は片瀬の目を見つめてあえて言った。

「いいえ。あのひとはそんなことを言いませんよ。仙波太一との仲間意識は強いし、自分だけ娑婆《しゃば》に出ることに負目《おいめ》を持っているようですから」

「米田がひと殺しの罪をなすりつけたと言い出すことはないと言うんだね」

「そうです。もうすぐ自由の身になるんです。余計なことを言って、また警察の取り調べを受けるような真似をするはずありません」

「君は米田と何の取引もしていないのだね」

水木は強い口調で確かめた。

「検事さんが言っていたことですね。父の死刑が誤りだったと、私と米田進がつるんで騒ぐという？」

片瀬は苦笑した。

「そんなことはありえませんよ」

「そうですか」

「先生、私は最初から言っています。死刑にしてもらいたいんですよ。どうか、そのための弁護をお願いいたします」

片瀬は深々と頭を下げた。

裁判がはじまるまで数カ月の時間がある。その間、拘置所の生活の中で心の変化を来《きた》してくれることを期待するしかなかった。

拘置所から事務所に戻り、執務机に向かったとき、金子さやかの妹さつきから電話があった。

「先生、ちょっと見ていただきたいものがあるのです。これからお邪魔してもよろしいでしょうか」

「わかりました。どのくらいでいらっしゃいますか」

「二、三分で」

「えっ、近くにいらっしゃるんですか」

「はい」

電話を切って、すぐさつきがやって来た。

「すみません。どうしても見ていただきたいものがあって」

執務室の応接セットで向かい合うなり、さつきは携帯を取りだした。

「これはさやかさんの？」

「そうです。姉のスマホです」

殺されたとき、さやかが持っていたものだ。

「これをご覧ください」

さつきは画像を見せた。

「この写真は？」

どこかの店の中で、着物姿の若い女性とブルーのデニムパンツに白っぽい袖無しのブラウス姿の女性が並んで写っている。デニムパンツの女性は金子さやかだ。

「日付をみると、今年の六月十七日になっています。この日、姉は伊勢《いせ》に行っているはずなんです」

「伊勢？　伊勢神宮ですか」

「はい。姉は義兄を亡くしてからときたまひとりで旅に行くようになりました。傷心旅行だと思っていました。でも、この写真の姉の顔、とても仕合わせそうなんです」

「ええ、白い歯を見せて、楽しそうな笑顔ですね」

「この写真を撮ったのは誰なんでしょうか」

さつきは険しい表情で言う。

「あなたは」

水木は目を見張って、

「男性といっしょに行ったと思っているんですね」

と、きいた。

「そうです。姉はひとり旅をしていたのではないのです。六月の旅行も東京都美術館にいっしょだった男性としているに違いありません。こんな仕合わせそうな姉の顔を見たことはないですもの」

さつきは涙ぐんだ。

「ほんとうに仕合わせそうですね」

さつきの言うとおりだろう。さやかは男といっしょだったのだ。そう思ったとき、水木はさつきの意図に気づいた。

「あなたはこの女性を捜そうと？」

「はい。ここはお店の中です。昼食を食べたお店か、お土産物屋《みやげもの》さんの中で撮ったんじゃないかと。この女性はお店のひと」

「そうでしょうね」

さつきの見方は当たっているようだ。どこかの店の中だ。背後は壁だが、右側にショーケースの一部が見え、土産物らしいものが並んでいるのが写っている。だが、品物に何か書いてあるが、小さくて文字を読み取れない。

「姉は、お店のきれいな女性に、記念にいっしょにとお願いし、連れの男性が姉のスマホで写真を撮ったんだと思います」

さつきは言い切ってから、

「この女性から話を聞けば、相手の男性の特徴がはっきりすると思うんです」

「しかし、この女性がどこの誰かわからないのでしょう。この写真からでは推測も出来ません。専門家に写真を解析してもらえれば、この土産物に書かれている文字から品物がわかって土地が想像出来るかもしれませんが……」

「先生、もう一枚の写真があります」

そう言い、さつきはスマホを操作し、別の写真を出した。

テーブルに並んだ料理の写真だ。

小さなかごに、小鉢に盛った揚げ物などが入っている。そのかごの横の皿に殻《から》が開いた貝が載っていた。

「これは、はまぐりですね」

「あと、もう一枚」

そう言い、さつきは別の料理の写真を出した。小さな土鍋にはまぐりが入っている。

「姉は気に入った料理は食べる前に写真を撮るんです。姉はあまり貝類は食べないのに、わざわざ写真まで撮っているのです」

さつきは真剣な眼差しで、

「伊勢のほうではまぐり料理を食べさせるお店じゃないでしょうか」

「お姉さんが伊勢に行ったというのは間違いないのですか」

「お土産に赤福《あかふく》をくれました」

赤福は伊勢名物だが、名古屋駅でも買えるだろう。

「はまぐりで有名なのは桑名《くわな》です。その手は桑名の焼きはまぐりという洒落《しゃれ》で有名です」

「桑名ですか」

さつきは自分のスマホを取りだし、何か操作をしていた。

やがて、さつきは目を輝かせた。

「ほんとうですね、桑名は焼きはまぐりが名物なんですね」

さらに、スマホを操作し、

「名古屋から電車で三十分足らずなんですね。伊勢神宮に行くというのは嘘で、姉は桑名に行ったんでしょうか」

と、考え込むように言った。

「そうかもしれませんね」

水木もその可能性が高いと思った。

さつきが言うように、この写真の女性はさやかの連れの男を見ているのだ。この女性を見つけることが出来れば、さやかの相手がわかる。

「私、桑名に行ってみます」

さつきが真剣な眼差しで、

「お店を一軒一軒当たってみます」

「そんなに相手の男性を捜し出したいのですか」

「はい。通り魔に襲われたとき、どうして姉を助けられなかったのか、なぜ姉を見捨てて逃げてしまったのか。もちろん、姉といっしょだったことを知られたくなかったのでしょう。でも、それではあんまりです。姉はひとり寂しく死んでいったんです。姉の遺骨の前で謝ってもらいたいのです」

「わかりました。私もごいっしょしましょう」

「えっ、先生もごいっしょしていただけるのですか」

さつきが目を輝かせた。

「ええ。桑名なら日帰りが出来ます」

「先生にごいっしょしていただけたら心強いです」

「最初から、そのつもりでいらっしゃったんじゃないですか」

水木は苦笑した。

「すみません。そのとおりです。私ひとりではどうしていいかわからなかったんです。探偵社に頼んでみようかとも思ったんですが、姉の秘密を他人に探られるのもいやですし……」

「私もさやかさんの連れの男性には会って話がききたかったのです」

東京都美術館の玄関の前で金子さやかに斬りつけた片瀬は、さやかの隣にがっしりした体格の男がいたと言った。目が大きく、四十歳ぐらいだったという。

死刑になりたいから無差別に殺人を実行した片瀬はなぜ、ふたりしか殺せなかったのか。さやかを殺したあと、なぜ逃げたのか。さやかの連れの男に睨《にら》まれて怖くなったというが、片瀬は最初から死にたくて犯行に及んだのだ。

どこか片瀬の行動に納得出来ないところがある。さやかの連れの男性はさやかに襲いかかる前からの片瀬の動きを見ているはずだ。

片瀬は真実を語っているのかどうか。連れの男性の証言から確かめたいのだ。もしかしたら、まったく違ったことを言うかもしれない。

「いつ出かけますか」

水木はきいた。

「出来れば早い方が」

さつきは逸《はや》ったように言う。

「では、今度の土曜日にしましょう」

「はい」

待ち合わせ場所と時間を決めて、さつきは引き上げて行った。

土曜日の朝、水木は新幹線ホームで金子さつきと待ち合わせ、九時ちょうど発の新大阪行の『のぞみ』に乗り込んだ。

さつきはブルーのデニムパンツに白っぽいブラウスと写真のさやかと同じような服装をしていた。相手の記憶を喚起《かんき》しやすいようにだろう。ただ、季節が違うのでジャケットを羽織っている。

窓際にさつきが、水木は通路側に座った。

他人の耳があるので、事件の話題に触れることが出来なかった。さつきはスマホを手にしたままだ。『のぞみ』が発車してから、さつきがきいた。

「先生は桑名にはいらっしゃったことはあるんですか」

「いえ、ありません。ただ、泉鏡花《いずみきょうか》の『歌行燈《うたあんどん》』という能役者を主人公にした作品の舞台が桑名なんです」

「『歌行燈』ですか」

さつきはさっそくスマホで調べている。

「出て来ました。ほんとうに桑名なんですね」

「その『歌行燈』を新派の芝居で観たことがあります」

「新派ですか」

今度は新派を調べている。

水木は苦笑するしかなかった。世代の格差をしみじみ感じた。亡くなった信子は芝居好きで、新橋演舞場での新派公演の『歌行燈』をいっしょに観たことを思いだす。

水木はまだ三十代だった。そうだ、あの芝居を観ての帰り、立ち寄ったバーで、信子が呟いた。

「一度、桑名に行ってみたいわ」

「そうだな。いつか行こう」

そんなやりとりがあったのだ。

とうとう信子と行くことは叶《かな》わなかった。その桑名に、水木は今行こうとしているのだ。ふいに胸の底から突き上げてくるものがあった。

「なにか」

さつきが顔を向けた。

「いや。さやかさんはどうして、桑名に行ったんだろうね」

「姉も『歌行燈』は知らなかったはずです。相手が選んだんじゃないでしょうか」

「そうでしょうね」

さやかの相手の男はどうして桑名を選んだのか。男にとって何か思い入れのある土地なのだろうか。

さやかの連れの男は四十歳ぐらいの大柄な男だったと、片瀬は言っていた。その男は泉鏡花が好きだったのかもしれない。

名古屋には十時四十一分に着き、そこから近鉄《きんてつ》名古屋線の松阪《まつさか》行きに乗り換えた。二十分ちょっとで桑名に着いた。

闇雲《やみくも》に歩いても仕方ないので、タクシーで焼きはまぐりを出す店を順番にまわってもらおうとした。

タクシーに乗り込んで、

「すみませんが、この写真のお店に心当たりはありませんか」

と、水木はさやかのスマホの写真を見せた。

運転席から振り向いてスマホの写真を見た運転手は、

「『喜多八《きたはち》』の真純《ますみ》さんですよ」

と、あっさり答えた。

「『喜多八』のお嬢さんです。美人で有名ですよ」

「そこまで連れて行っていただけますか」

「これからですか」

「何か」

「そこで食事をするつもりならこの時間は難しいと思いますよ。いつもこの時間はお客さんが並んでいますから。ともかく行ってみます」

タクシーは発進した。

「あら、あそこに『喜多八』が？」

さつきが窓の外を見て言う。

「あれは『喜多八』の駅前店です。これから向かうのは本店です」

運転手は駅前の通りをまっすぐ走った。

「喜多八というのは『歌行燈』に出てくる能役者の名前です。『歌行燈』の舞台になった『船津《ふなづ》屋』という料亭旅館が近くにありますよ」

運転手が説明してくれた。

五分ほどで『喜多八』の本店についた。明治時代に創業の老舗《しにせ》で、間口の狭い木造の瓦屋根の古い建物はその風格を醸《かも》しだしている。

中に入りきれずに、外まで客が並んでいた。中に入ると、うどんなどの土産物が並んでいるケースがあり、壁に沿った腰掛けに客がびっしり並んでいた。

「ここです」

さつきが思わず叫んだ。

まさに写真の場所だった。あとからやって来た客が仲居らしい女性から三十分ほど待つと言われていた。

「またあとで来ましょう」

忙しい時間に、話を聞くことは出来ない。

水木とさつきは外に出た。

「どこで時間を潰しますか」

さつきがきいた。

「さっき運転手さんが話してくれた『船津屋』の前まで行ってみたいのですが」

「『船津屋』ですね」

さつきは早速スマホを操作した。地図を出して、

「こっちです」

と、案内してくれた。

川を渡る。川にはたくさんのヨットが係留されていた。

橋を渡ると旧東海道の標識。右に行き、道なりに左に折れると料亭らしき建物が現れた。門構えも玄関も近寄りがたい風格があった。

塀の真ん中辺りに、『歌行燈』の石碑があった。

「信子、いま『歌行燈』の舞台の旅館の前に来ているよ」

水木は内心で囁《ささや》く。信子が行ってみたいと言っていたところだ。泉鏡花も投宿し、『歌行燈』の脚本を手がけた久保田万太郎《くぼたまんたろう》はここで作品を仕上げたという。

さつきがスマホで写真を撮っている。

金子さやかはここに来たのではないか。

門から番頭らしい法被《はっぴ》を着た男性が出てきたので、水木は近づいた。

「ちょっとお尋ねします」

「はい」

三十半ばぐらいの男が振り向く。

「この女性に見覚えはありませんか。この地には六月十七日に来ています」

スマホの写真を見せる。

「『喜多八』の真純さんですね」

「ええ、『喜多八』の後にここに寄らなかったかと思いましてね」

「いえ、記憶には……。この女性が何か。ひょっとして行方を？」

男は水木の胸のバッジに目をやってきいた。弁護士だとわかったのだろうか。

「ええ、まあ」

水木は相手の誤解に合わせた。

「ちょっとお借りしてよろしいですか。他の者にきいてきます」

男はスマホを持って奥に向かった。

しばらくして、戻ってきた。

「誰も記憶にないようです。こんなきれいな女性なら会っていれば覚えていると思いますから、ここには立ち寄らなかったと思います」

「そうですか。わかりました」

水木は礼を言い、引き上げた。

「もう少し時間がありますけど」

さつきが言う。

来た道を引き返す途中にある『七里の渡し』の跡に寄った。

東海道五十三次の宮《みや》宿と桑名宿を船でつないでいた場所だ。

「宮宿は名古屋の熱田《あつた》神宮のあるところですよ。そこからここまで海路を七里……」

そう言いながら、水木は名古屋に思いを馳《は》せた。

さやかと相手の男はその夜、どこに泊まったのだろうか。桑名から別の場所に行ったのか。名古屋に戻ったか、あるいは伊勢に向かったのか。

しかし、その詮索は不要だった。相手の男の正体を知りたいだけなのだ。『喜多八』に戻った。だいぶ客は減っていたが、それでもまだ三組ほど並んでいた。

さつきが予約欄に名前を書いた。

着物を着た女性がやって来て、次の順番の客を呼んだ。

「先生」

さつきが声を上げた。

「真純さんだ」

写真の女性が客を店内に案内していった。きりりとした眉に涼しげな目、まさに写真の女性に間違いなかった。

やがて、順番が来て、真純が水木とさつきを呼びに来た。

座敷に上がり、奥のテーブルについた。

真純がメニューを差し出したとき、水木に目顔《めがお》で合図してからさつきが切り出した。

「すみません。これをご覧ください」

さつきがスマホの写真を見せる。

「あら」

真純が目を見開いた。

「この写真、覚えていますか」

「ええ、よく覚えています。記念に写真を撮らせてもらいたいと言われて……」

真純は怪訝《けげん》そうに、

「どうしてこれを？」

「この写真の女性は私の姉なんです」

「お姉さま……」

ますます不審そうな顔をした。

「この写真を撮ったのは連れの男性ですよね」

「そうです」

「どんなひとか覚えていらっしゃいますか」

「ええ」

「どんなひとでしたか」

「でも、なぜ？」

真純は警戒ぎみになった。

「姉は死にました」

「えっ？」

「殺されたのです。そのとき、いっしょにその男性がいたはずなんです。でも、そのひとはその場から姿を消してしまったんです」

「そうですか」

真純はすべてを察したようだ。頭の回転の早い女性だと、水木は思った。

「四十半ばぐらいのスマートな男性でした。インテリふうな方でした」

「待ってください」

水木が思わず声をかけた。

「目の大きな、四十歳ぐらいの大柄な男ではなかったのですか」

「いえ、細身の紳士でした。サングラスをかけていたので、目元は見えませんでしたが……」

片瀬の言う人物とは特徴が違う。

「ふたりは親しそうでしたか」

「ええ、ご親密でした」

「お互い、名前を呼び合っていましたか」

「男性は君と呼び、女性は男性をあなたと呼んでいたと思います」

「ふたりの関係をどう思いましたか」

「そうですね。ご夫婦とは思えませんでした。たぶん……」

真純は言葉を濁した。やはり、真純の目にも人目を忍ぶ関係と映ったのだろう。

「わかりました。つまらないことをおききして申し訳ありませんでした」

答えづらい質問をしたことを水木は詫びてから、

「注文を待たせてしまいました」

と言い、メニューを見た。

お昼の定食と、焼きはまぐりを一人前注文した。

真純が去ってから、

「ふたりの男と付き合っていたとは思えない。片瀬が嘘をついたのかもしれない」

片瀬にも不審な点がある。最初、さやかはひとりだったと言っていたのに、急に男のことを言いだした。そのことも、今から考えれば妙だ。

「なぜ、片瀬は嘘をついたんでしょうか」

さつきが不思議そうにきく。

「その男を捜されるのが片瀬にとってはいやなのでしょう。いったい、片瀬は何をいやがっているのか」

食事のあとに、もう一度真純に会い、いろいろ話をした。

最後にさつきは真純とスマホを出し合い、連絡先を交換していた。

この件で片瀬を問い詰めても正直に話すとは思えない。片瀬が嘘をついたと決めつける証拠もなく、水木は行き詰まった。『喜多八』を出てから駅に向かった。

「妙なことになりました」

水木は当惑を隠せずに言う。

「でも、私は真純さんが会った男を捜してみます」

「東京都美術館でいっしょだったのは別人の可能性も捨てきれませんが、その男性を見つけだせれば当日いっしょだったかどうかわかります。正直に答えてくれればの話ですが」

付き合っていた女を見殺しにして逃げたという負目から正直に答えないかもしれない。しかし、片瀬の言葉を信じるならばさやかの連れは別人だ。

さやかはふたりの男と付き合っていたのだろうか。さつきは否定するが、その可能性もなくはないのだ。

帰りの新幹線の中で、さつきが声をひそめてきいた。

「先生は片瀬のことが書かれたネットの掲示板をご覧になったことはありますか」

「いいえ、ネットの掲示板は見ません。どんなことが書かれているのですか」

さつきはスマホを操作して、

「どうぞ」

と、水木に画面を見せた。

――死刑囚宗像武三の子片瀬陽平に断罪。死刑囚の子どもはやっぱり死刑になるようになっているのか。

――死刑を望んでいる人間を死刑にさせてはならない、やるのは公開処刑しかない。片瀬陽平を市中引き回しの末に首吊りだ。

――こんな事件が起きるなら死刑囚の家族は全員監視下に置かねばならない。誰か早く、死刑囚の子どもを洗い出せ。

――さあ、死刑囚の子をあぶり出せ。みんなで社会から抹殺しよう。

――殺人鬼の子はやはり殺人鬼だという現実を直視するしかない。そのことを身をもって教えてくれた片瀬に感謝。
――片瀬に恋人なんかいなかったろうな。いたら、その女の名前と住まいを晒《さら》せ
……。

水木は胸がむかついてきて、それ以上を読むのをやめた。スマホをさつきに返したが、不快感はなかなか消えなかった。

ここまで片瀬を追い込んだのは加害者家族を激しく責める社会の風潮だ。この書き込みの異常さは、片瀬個人への攻撃だけでなく、片瀬に関わった者にも非難の矛先《ほこさき》が向かうことだ。

他の死刑囚の子への偏見を煽《あお》り、さらには片瀬の恋人への攻撃に向かおうとしている。片瀬には婚約者がいた。死刑囚の子だと知った母親からの反対で、婚約を破棄した。二年前のことだ。

場合によっては、この女性さえもネットの餌食になりかねない。

「あなたはどう思っているのですか」

水木はさつきの考えを知りたかった。

「私は片瀬が憎いだけです。片瀬がどんな人間だろうが関係ありません、ただ、

片瀬が憎いだけです。でも、それと同じくらいに姉を見捨てて逃げた男が許せないのです」

さつきは険しい表情になった。

東京に近づくにしたがい、車窓の風景はだんだん夕闇に包まれていく。片瀬への疑惑が深まり、ますます真実が闇に紛《まぎ》れていくようで、水木は心を重くした。

3

週明けの月曜日、朝から雨が降っていて、執務室は薄暗かった。

水木は事件の資料を何度も読み返していた。迷ったら原点に立ち返る。迷ったら事件の現場に戻れというのは刑事だけの教訓ではない。

水木は警察の実況検分調書や片瀬の自白調書、目撃者の証言などから、改めて事件当日の片瀬の動きを追ってみた。

片瀬が東京都美術館の玄関ロビーに着いたのは午前九時半ごろだ。九時四十分ごろにロビーの防犯カメラがフード付きのパーカー姿の男をとらえていた。男はカメラに気づくとあわててフードをかぶってカメラの前から離れた。

このとき、片瀬の顔がはっきり写っていた。その後、防犯カメラにはときたまフードをかぶったパーカー姿の男がうろついているのが写っていた。

片瀬の自供によると、犯行の決心がなかなかつかなかったという。このことについては、水木は片瀬に確認している。

上野駅を下りれば、文化会館や西洋美術館の前にもひとはたくさんいたはずなのに、その辺りで事件を起こさず、なぜ東京都美術館まで行ったのかという問いに、気持ちがまだ高まっていなかったと答えた。

東京都美術館のエントランスロビーで狙う相手を物色しながら気持ちが高ぶってくるのを待っていたのだろう。

そして、それほど強そうに思えない男がソファーから立ち上がったのでようやく決行に踏み切ったという。

片瀬は死刑になりたいからという理由で無差別殺人を実行しようとした割には犯行まで迷いが感じられる。

いざ、実行しようとして怖くなったのであろう。

ちなみに、片瀬と犠牲になった大学教授の景浦仙一とは接点は何もない。ふたりはまったく面識がなかったようだ。

景浦仙一を刺した片瀬は入口に向かって走り、警備員を斬りつけ、そして玄関を入ろうとした金子さやかに襲い掛かった。

このとき、さやかには連れがいたのだ。片瀬の証言では、目の大きな、四十歳ぐらいの大柄な男ということだ。

だが、さやかが桑名にいっしょに行ったのは四十半ばぐらいのスマートな男だ。

さやかがふたりの男性と付き合っていたのか。さやかは一年前に夫の公太を事故で亡くし、今は独身だ。誰と付き合おうと自由だ。

しかし、さやかの相手の男性は既婚者であろう。だから、さつきが言うように、付き合っている痕跡を残さないようにしている。

だが、別の見方も出来る。さやかはふたりの男と付き合っていたのではないか。そのことをふたりに知られたくないので細心の注意を払っていたとは考えられないか。

そうだとしたら、片瀬が言うことも嘘ではないということになるが……。さやかは同時にふたりの男と付き合える人間ではないとさつきは言うが、さやかはさつきにも付き合っている男のことを隠していたのだ。さつきがどこまで姉のことを知っていたのか。

ただ、いずれにしろ、片瀬はさやかを刺したあと、その場から逃げだしているのだ。その際、夫婦でやって来た津波松三に斬りつけている。津波が軽傷だったのは、片瀬は殺すつもりではなく、逃げる途中の邪魔な人間を追い払うつもりで刃物を振り回したからだ。

この件での片瀬の供述は曖昧だった。当初は、津波が捕らえようとして向かってきたから逃げたと言っていたが、津波は小柄な男で、片瀬が脅威を感じたとは思えない。

その後、片瀬は金子さやかに連れがいたことを認めた。それが、目の大きな、四十歳ぐらいの大柄な男だ。

片瀬は最初、この男のことを隠していたのだ。なぜ、隠していたのか。隠さねばならない理由があったからだろう。

それが何かわからないが、そうだとすると、やはり片瀬の言う男の特徴は嘘だと言わねばならない。

そう結論づけていいような気がした。

凶器の刃物だが、片瀬の供述通り、湯島《ゆしま》にある工藤《くどう》刃物店で購入したものだとわかった。工藤刃物店の主人は事件の前日に片瀬が買い求めたことを覚えていた。

片瀬は犯行を思いついたのは一カ月前だというが、凶器を手に入れたのは事件の前日だ。それまで逡巡《しゅんじゅん》があったのだろうか。

全体的な印象としては、死刑になりたいという強い気持ちを持ちながら、片瀬は思い切りが悪いようだ。逡巡が目立つ。

その逡巡が死者ふたりという結果になっているのではないか。言葉とは裏腹に、片瀬には躊躇《ため》らいがあった。

そこに何かあるような気がするが、水木は想像さえつかない。

電話が鳴った。受話器を摑むと、

「紺野です」

と、相手が名乗った。

二十二年前に宗像武三を逮捕した警部補の紺野啓介だった。定年後、警察ＯＢの紹介で運送会社で働いている。

「例の件で、お邪魔したいのですが。きょうの夕方はいかがでしょうか」

紺野は二十二年前の事件の捜査資料が紛失した経緯について調べると言っていた。そのことだろうと、水木は思った。

「お待ちしています」

水木は答えた。

五時少し前に、紺野が事務所にやって来た。

執務室の応接セットで向かい合うなり、紺野は尖った顎を突きだすようにして、

「捜査資料がなくなったのは十年前のようです。平成十七年です」

事件から八年後の平成十五年に宗像武三の死刑が執行されている。その二年後に、捜査資料が紛失しているのだ。

「どうして、その頃だとわかったのですか」

「とうに定年になっていますが、当時の資料係をしていたひとに会ってきました。だんだん、話していて思いだしてきました。部長に貸し出したそうです。警視庁からお偉いさんが署にやって来て、平成十五年に処理した事件の捜査資料をいくつか借り出しています。その後、全部返却されたことになっていたそうです。資料係をしていたひとは、宗像武三に絡む事件の捜査資料だけ返さなかったのではないかと言ってました」

「警視庁の上層部の人間がわざわざ所轄に乗り込んできたというわけですね」

「そういうことですね」

「おそらく地検から言われ、警視庁が動いたとみたほうがいいですね。地検から

裁判資料がなくなったのもその頃かもしれません」

「紺野さんは、その当時はどちらに？」

「警視庁の捜査一課です。そういう動きがあったのはまったく気づきませんでした」

その頃、何かがあったのだ。湖面も何もなければ波紋は出来ない。誰かが石を投げ入れたのだ。

「その頃、何か葬《ほうむ》られた事件はありませんでしたか」

「あります」

紺野の顔色が変わった。

「それは？」

「若い女性が赤坂《あかさか》のホテルの一室で強姦されて殺された事件で、ある政治家の息子を逮捕しました。最初は犯行を素直に認めたのですが、その後否認に転じました。あげく、不起訴処分になったのです」

「犯行は政治家の息子に間違いなかったのですか」

「そうです。被害者の女性は政治家の息子に届け物をするように言われ、ホテルの部屋まで訪ねた。そこで襲われたんです。最初は無理やり犯したことを認めましたが、弁護士がついたとたん、合意の上だと言いだした。息子は疲れて寝入っている女を残して先に帰った。そのあと、犯人がやって来て殺したと言いだしたんです。それが通って、嫌疑なしの不起訴処分になりました。納得いきませんでしたが、上から捜査の中止を言い渡されたのです、明らかに政治家の圧力がかかったのだと思いました」

当時の悔しさを思いだしたように、紺野は顔をしかめた。

「その後、政治家の息子はどうなりましたか」

「三年後に今度は覚醒剤《かくせいざい》で捕まりました。その後も、覚醒剤をやめられず、今は施設に入っているそうです。おそらく、殺人を犯した良心の呵責から薬に逃げていたんじゃないでしょうか」

「そうですか。で、ひょっとしてその弁護人になったのは財部弁護士ではありませんか」

水木には容易に想像がついた。

「そうです。財部弁護士です」

「仙波太一の弁護人でしたね」

「まさか」

「憶測でものを言うのは抵抗がありますが、財部弁護士は仙波太一が村越医院の院長夫妻を殺したことを知っていたんじゃないでしょうか。いえ、当時は知らなくても、あとから気づいたのではないでしょうか」

　水木は大胆な仮説を立てた。

「……」

　紺野は唖然としている。

「その政治家の息子の弁護をしているとき、財部弁護士はそのことを地検の幹部に伝えた。宗像武三の死刑は間違いだったと」

「財部弁護士は地検を脅したと言うんですか」

「結果的にはそうなりますね。すでに死刑が執行されてしまっている。このことが公表されたら大問題になります。死刑にすべきでない被疑者を死刑で殺してしまったことになるのですから」

　水木はやりきれないように続けた。

「地検や警視庁の幹部はあわてて裁判資料と捜査資料を当たった。殺したのは仙波太一だという目で事件を見直せば、不審な点もすべて氷解する。そのことがわかって、地検や警視庁は将来の禍根を断つために資料の廃棄を決めたのではないでしょうか」

「なんと」

紺野は憤然とした。

「証拠はありませんが、そうとしか考えられません」

水木は言ってから、

「じつは、片瀬は数年前から千葉刑務所に服役中の米田進と手紙のやりとりをし、この八月には面会までしているのです」

「片瀬が米田と？」

「ええ、そのことで、地検は片瀬と米田が示し合わせているのではないかと警戒していました」

宗像武三がひと殺しではないという訴えを、片瀬は法廷でし、米田はマスコミに対して行うのではないかという笹村の懸念を話した。

「片瀬は今の話を否定していますが」

「米田はそろそろ出所になるはずですね。自分に不利になることを口にするでしょうか」

紺野は疑問を口にした。

「我々が気づかない何かがあるのかもしれませんが、確かに、米田がそのようなことを口にする理由がありません」

「もっと強く宗像武三の犯行に疑いをはさんでおくべきでした。忸怩《じくじ》たる思いです」

「ひとを殺していないことがわかったとしても、強盗犯の子どもと言われ、地獄の苦しみは変わらなかったはずだと、片瀬は言っていました。いずれにしろ、加害者家族として世間から冷たい目で見られる生活を余儀なくされたかもしれませんね。犯罪は、被害者家族も加害者家族も地獄に落とすのです」

水木は胸を締めつけられるような思いで言った。

「裁判になったら、水木先生はどのような弁護をなさるのですか。まさか、片瀬の依頼どおり死刑判決が出るように？」

紺野の声は震えを帯びていた。

「いくら被告人の依頼であってもそのような弁護は出来ません。でも、被告人に逆らって情状酌量を求める弁護が、果たして片瀬のためになるのか……。正直、手の打ちようがありません。こんな裁判ははじめてです」

裁判がはじまるまでに片瀬が何を隠しているのか、そのことを調べなければならなかった。

## 4

その翌日、民事事件の依頼人が引き上げたあと、金子さつきが事務所にやって来た。

「先日はありがとうございました」

桑名まで行ったことに礼を述べたあと、

「片瀬の言っていたのとまったく違うタイプの男性だったことに困惑しました。でも、姉はふたりの男とうまく付き合うような器用な人間ではないと思っています」

と、いきなり自分の考えを述べた。

「確かに片瀬が嘘をついていることも否定出来ませんが」

水木も困惑を隠せずに答える。

「姉が桑名にいっしょにいった男性はひょっとしたら義兄の知り合いかと思ったんです」

「去年、酔って非常階段から落ちたそうですね」

「はい。ずいぶんお酒を呑むひとでした」

　さつきはしんみり言ったあとで、

「義兄の周辺に、似たようなひとがいないか捜しました。義兄が勤めていた広告代理店の部長さんが年格好が似ているので会いに行ってきました」

「そうですか」

　彼女の行動力に目を見張りながら、

「で、いかがでしたか」

と、水木はきいた。

「違いました。丸顔でしたし、唇も厚く、『喜多八』の真純さんが話してくれた特徴と微妙に違っていました」

　さつきは首を横に振ってから、

「義兄の弟の勝也《かつや》さんにも会ってきました」

「弟さんがいらっしゃったのですか」

「はい。待田《まちだ》勝也さんです。入院をしていました」

「入院？」

「姉の葬儀で会ったときは少し顔色が悪く、病気ではないかしらと思ったのですが、その十日後に胃ガンの手術を受けたそうです」

「まだ、若いのに」

「義兄のふたつ下と言ってましたから三十四歳だと思います。勝也さんも、真純さんが話してくれた特徴の男性に心当たりがないようでした」

「お姉さんの恋人のことだと話したのですか」

「いいえ。義兄が死んで一年も経たずに他の男性と付き合っているとは言えませんでした」

「さやかさんは金子の籍に戻っていますね。そのことに、勝也さんは何か言っていなかったのですか」

「向こうのご両親が、まだ若いのだし、再婚もするだろうからと理解を示してくれたと姉が言ってました」

死後離婚を相手の両親が素直に認めてくれたという。

「そうですか。籍を抜いたのはいつなんですか」

「六月です」

「では、籍を抜いたあとに、桑名に行ったんでしょうか」

「ええ。でも、今年の四月にも姉は旅行しています。大阪にいる友達を訪ねて。で、先日、大阪のお友達に電話できいたんです。そしたら、来ていないと言ってました。そのときも、きっと同じ男性とどこかに出かけていたんじゃないでしょうか」

「そうですか。そうかもしれませんね。ということはもっと以前に知り合って親しくなっているということですね」

「義兄が亡くなった直後には出会っていたのかもしれません。姉の知らない面を見せつけられて驚いています」

「でも、相手のご両親もたいへんですね。長男を亡くし、嫁を失い、次男までガンに罹って……。でも、今は胃ガンは早期ならほとんど治癒するでしょうから」

「そうだといいんですが」

　さつきは暗い顔をした。

　もしかしたら進行ガンなのかもしれないと思ったが、それ以上はきけなかった。

「先生、姉の相手なんですが」

　さつきは話を変えた。

「姉の相手は私なんかが知らない世界のひとかもしれないと思うようになったの

です。姉は義兄を亡くして寂しいのか、お酒を呑んで帰るようになっていました。銀座に行きつけのバーがあるみたいで。もしかしたら、バーで知り合ったのではないかと」

「そのバーの名前はわかるのですか」

「姉の荷物を整理していたら、バーの名刺がありました」

「そうですか」

「お願いがあるのですが。先生もいっしょに行っていただけませんか」

「お客さんのことをバーテンが話してくれるとは思えませんが。常連ならなおさら不要なことは言わないかもしれません」

「弁護士の先生が行ってもだめですか」

「よけい身構えてしまうかもしれません」

「……」

「でも、行ってみましょう。だめならだめで、また別の手を考えましょう」

「よろしいのですか」

「それにしても、あなたの執念には頭が下がります」

「このままじゃ姉が可哀そうでならないんです。死にかけた姉を見捨てて逃げた卑怯な男も許せないのです」

さつきはふとため息をついて、

「ほんとうは、どんな形であれ姉のことを考えていたいんだと思います」

と、呟くように言った。

「わかります」

自分も同じだと、水木は信子のことを思いだした。

「では、明日の夜でも」

バーに行く約束をして、さつきは引き上げて行った。

ひとりになり、水木はさやかの相手のことを考えた。片瀬はその男のことを水木から隠そうとしているようだ。だから、実際の相手とかけ離れた特徴を話したのではないか。

なぜ、隠したのか。その理由はわからないが、もしかしたら、相手の男は片瀬の知り合いだった可能性もある。そんな偶然があるとも思えないが、今は考えられることはひとつずつ調べていくしかないと思った。

翌日の午後、水木は東京拘置所の接見室で片瀬と会った。

アクリルの仕切りをはさんで向かい合う。

「君は身内も親しい人間もいないと言っていたね。でも、その中でもよく会っていたひととか、毎日顔を合わすひとはいたはずだ。どうだね」

「元の仕事場の班長さんや朋輩とは顔を合わせてましたが、仕事のこと以外はほとんど話はしませんでした。そこを辞めてからずいぶん経ちますから、もはや縁は切れています」

片瀬は答えた。

「金子さやかさんを襲ったとき、隣に四十ぐらいのがっしりした体格の男がいたと言いましたね」

「はい」

「他には誰かいましたか」

「近くにはいませんでした」

「その男はあなたに何か言いましたか」

「何か大声で叫んでましたが、よく聞き取れませんでした。先生」

片瀬はアクリルの仕切りに額を寄せるようにして、

「死刑判決、だいじょうぶでしょうか」

「まだ、考えは変わらないのかね」

「はい。死刑判決を望んでいます」

「君が社会で虐《しいた》げられてきたことを証言してくれるひとはいないかね」

「いません」

「そういうひとに証言してもらえれば、君が加害者家族としてどんな扱いを受けてきたかを裁判員に訴えることが出来るのだが」

「……」

「婚約者だった女性も、その母親もどんな理由で婚約破棄したかを話してもらえればいいのだが、自分が差別したことなど話してはくれないでしょう」

「どんな目に遭ってきたか、私は自分の口から話します」

「裁判員に信じてもらえるでしょうか」

「えっ？」

「あなたがほんとのことを言ったとしても、もしかしたら真の動機を隠すために悲惨な話をしていると思われかねませんよ」

　水木はあえてそういう言い方をした。

「先生もそう思っているということですか」

片瀬は反発するように言う。

「いえ。私は君が受けた苦しみはわかります。しかし、君は私にもすべて正直に話してはいませんね」

「……」

「何かを隠している」

押し黙った片瀬に、水木は迫る。

「金子さやかの連れの男性のこと、君は真実を告げていますか」

「……」

「どうなんですか」

「ほんとうのことを話しています」

「君は最初は、金子さやかに連れはいなかったと言い、次に四十ぐらいのがっしりした体格の男がいたと言い変えました。なぜ、変わったのですか」

「思いだしたのです」

「ほんとうに、がっしりした体格の男がいたのですか」

「……」

片瀬はうつむいた。

「嘘だったのですか」

「記憶が曖昧なんです。でも、そう思い込んでいたんです」

「では、四十ぐらいのがっしりした体格の男がいたというのは真実ではないと」

「はっきりしません」

片瀬は首を横に振った。

「この前も申しましたように、私は君に死刑判決が出るような弁護を依頼されています。私自身が君の苦しみを理解しなければ、私は裁判員を納得させる弁護は出来ません。そのためには真実を語ってもらわねばならないのです」

「わかっています」

はじめて片瀬は戸惑いを見せた。

「もう一度、確かめます。金子さやかの連れはどんな男だったのですか」

「そんなこと、関係ないんじゃありませんか」

開き直ったように、片瀬は顔を上げて答えた。

「妹さんが、姉を見捨てて逃げた連れの男性に憤りを感じているのです。姉を殺した犯人を憎むのと同じくらい、姉を助けようとしなかった男を許せないそうです。だから、相手を捜しているのです」

「私は関係ありません」

「でも、あなたが殺した女性に関わることです」

「今の私は死刑判決を望むだけです」

「なぜ、連れのことを隠すのですか」

「隠していません。よく覚えていないのです。でも……」

一拍の間を置いて、片瀬が言う。

「私に死刑判決が出たら、思いだすかもしれません」

やはり、何かを知っているのだ。それを隠さねばならない理由があるのだ。しかし、いくら追及しても無駄だと思った。

「君は」

水木は話題を変えた。

「宗像武三はひとを殺していないと思っているんですね」

「はい。父はひと殺しではありません。でも、強盗殺人事件の仲間であることは間違いありません」

「ひと殺しの汚名を雪《そそ》ぎたいとは？」

「汚名を雪ぎたいとは思いますが、今さら無理なことはわかっています」

「裁判でそのことを訴えたいと思っているのではありませんか」

「でも、汚名を雪げるとは思っていません。誰も信じてくれないでしょうから」

「私は信じます。村越医院の院長夫妻を殺したのは宗像武三ではありません」

水木は断定したように言う。

片瀬は目を鈍く光らせ、

「どうしてそう言い切れるのですか」

「当時の捜査資料を調べたからではなく、周辺の状況からそう思わざるを得ないのです。もうひとり、宗像武三がひと殺しではないと信じている人間がいます」

「誰ですか」

「宗像武三を逮捕した紺野警部補です。君たち母子にやさしく接してくれた刑事さんですよ」

「あの刑事さん」

片瀬は目を細めた。

「君のことも心配していました。紺野さんとも、宗像武三がひと殺しの件では無実であることを何らかの形で訴えなければならないと話し合ったところです」

「父の無実をわかってくれているひとがいるだけでうれしいです」

刑務官が顔を出し、接見時間が少なくなったことを伝えた。

「次回から、公判での弁護のやり方を打ち合わせましょう」

そう言い、水木は立ち上がった。


その夜、七時にさつきと新橋駅で待ち合わせをし、銀座八丁目にある『水の音』というバーの扉を押した。

六人ほど座れるカウンターがあり、中にバーテンがふたりいた。すでに奥に客がひとりきていた。

年配の紫色のベストを着たマスターらしき男がおしぼりを差し出した。

「いらっしゃい」

そう言ったあと、マスターがさつきを見て、微かに驚いたような表情をした。

だが、それも一瞬で、

「何をお作りいたしましょうか」

と、穏やかな声できいた。

「すみません。客ではないんです」

さつきがすまなそうに言う。

「もしかしたら、金子さやかさんの……」

マスターがきいた。

「そうです。妹のさつきです」

「そうでしたか。お姉さんによく似ていますね」

マスターはコースターを出し、水のグラスを置いた。

「金子さやかさんの件はご存じなんですね」

水木が口をはさむ。

「はい。驚きました。あんな亡くなり方をするなんて」

マスターは沈んだ声で言う。

「姉はよくここに？」

さつきがきく。

「はい。月に二、三度でしょうか」

「姉はここが好きだったんでしょうね」

音楽の代わりに川のせせらぎや滝の音などがバックグラウンドに流れている。

木目の浮き出たカウンターも心を落ち着かせるに十分だった。

「いつも早い時間に来ていました」

「どなたかといっしょでしたか」

「いえ、いつもおひとりでした」

「ひとり?」

「いつも一時間ほどいて、引き上げていかれました」

「八時ごろには帰っていったのですか」

「そうです。たまに、遅い時間にいらっしゃることもありましたが、そのときもおひとりでした」

「何かをお調べに?」

マスターは怪訝そうな顔で、
と、きいた。

「てっきり、姉はどなたかといっしょにこちらに来ていると思ったのです。その方にお会いしたいと思いまして」

「そうですか」

マスターは眉根を寄せながら、

「さやかさんは、どなたかと待ち合わせていたんだと思います」

「待ち合わせ?」

「いつもスマホに連絡が入ってから、いそいそと出ていかれました」

「さやかさんは、そのことに関して何か言ってましたか」

「いえ。こちらもおききしません」

「そうですか」

「彼女」

奥の客が口を開いた。背広にネクタイの会社員ふうの三十代の男だ。

「ここに来る途中、新橋のホテルに向かうのにすれ違ったことがありますよ」

「新橋のホテル？」

水木がきき返す。

「正確にはホテルに向かったのかどうかわかりませんが……」

「ここを出てからですか」

「そうです、私がここに着いて、マスターにきいたらさっき引き上げたということでした。ねえ。マスター」

「そういうことがありましたね」

マスターが頷いた。

「それはいつのことかわかりますか」

水木は確かめる。

「七月の末だったかな。カレンダーを見ればわかります」

男は携帯を取りだした。

「七月二十八日の金曜日ですね。その日、私は友人とここで待ち合わせをしていましたから」

七月二十八日の金曜日に、さやかは誰かに呼ばれてホテルに向かった。相手はもちろん不倫相手だろう。

男は仕事が終わり、新橋のホテルに行き、チェックインする。そして、部屋に入ってからさやかのスマホに連絡した。

「直近でさやかさんが来たのはいつですか」

「九月のはじめです」

月に二、三回会っていたふたりにしては間隔が空きすぎている。それとも、土曜か日曜も朝から会っているのだろうか。事件の日は特別に朝から会ったのだろうか。

「姉がはじめてここに来たのはいつなんですか」

さつきがきいた。

「三年前だったと思います」

「三年前？」

さつきは啞然としたように、

「その頃から、同じようにひとりで？」

「そうです」

マスターが答える。

「はじめてきたとき、さやかさんはどなたかといっしょだったのでは？」

水木は同伴者がいたのではないかと思った。その同伴者こそ、さやかの相手だ。

その後、男のほうはここには顔を出さなくなった。

「いいえ、おひとりでした」

マスターは否定した。

「ひとりだったのですか」

「はい」

「以前に、誰かといっしょに来たことがあって、それからひとりで来るようになったのではないのですか」

マスターに記憶違いがあるかもしれないので、水木は念を押した。

「いえ、はじめていらっしゃったときのことをよく覚えています。夜の十時ごろでしたか、扉を押して顔を出し、ひとりですがよろしいでしょうかと言って入ってこられたんです」

「そうですか」

やはり、最初からひとりでやって来ていたのだ。

「どうして、このお店にやって来たのでしょうか。誰かに紹介されたのでしょうか」

「いいえ。まったく偶然だったようです」

「さやかさんは、誰かといっしょにここにやって来たことはありますか」

水木はさらにきく。

「いいえ。いつもひとりです」

「姉は家庭の話をしていましたか」

さつきが思いついたようにきいた。

「家庭ですか。日曜日はひとりでのんびりしているとか、そんな話ですね」

マスターは戸惑い気味に答える。

「彼女、独身でしょう」

さっきの会社員ふうの三十代の男がまた口をはさんだ。

「いえ、独身になったのは去年です」

「結婚なさっていたのですか」

マスターが驚いたようにきく。

「ええ」

「独身だとばかり思っていました」

「さっき金子さやかさんと言ってましたが、三年前にこちらにやって来たときから、金子さやかと名乗っていたのですか」

「そうです。最初から金子さやかさんです」

扉が開き、二人連れの客が入ってきた。

「いらっしゃいませ」

マスターが声をかける。

「わかりました。いろいろありがとうございました」

水木はマスターと会社員の男性に礼を言いバーを出た。

新橋駅に近づいても、さつきはまだ口を閉じたままだった。

「だいじょうぶですか」

水木はさつきが何か思い悩んでいるのに気づいていた。

「姉は……」

さつきは声を詰まらせ、

「義兄を裏切っていたんですね。義兄が生きているときから他の男性と付き合っていたなんて」

さつきはやりきれないように言う。

「結婚生活はうまくいっていなかったのでしょうか」

「義兄はとてもいいひとでした。やさしくて、穏やかで。うまくいっていなかったなんて考えられません」

「お酒をかなり呑んだと仰っていましたね」

「ひょっとして」

さつきは立ち止まった。

「義兄は姉が不倫をしていることに気づいていたのでは……」

「それで、お酒で気を紛らわしていたと?」

「義兄はもともとお酒を呑むようなひとではなかったと聞いています。まさか」

さつきは強張った表情で、

「義兄はほんとうに誤って非常階段から落ちたのでしょうか」

水木もさやかの夫の死に疑問を持った。不倫に気づいていたとしたら、自ら命を絶った可能性もあると思った。

# 第四章　呉越同舟

## 1

　ふつか後の昼過ぎ、水木とさつきは港区高輪のマンション六階の非常階段の踊り場に立った。

　かなたに品川《しながわ》駅周辺の高層ビル群やお台場《だいば》方面が見渡せ、眼下には泉岳寺《せんがくじ》の境内《けいだい》が見える。

　ひんやりした風が吹きつける。水木は腰の高さにある手すりから真下を見た。下はコンクリートだ。

　ここから、さやかの元夫の待田公太が転落して死んだのだ。ひとり部屋で酒を呑み、酔い醒ましに非常階段に出て、誤って手すりを越えてしまったということになった。

　だが、当時、すでにさやかは不倫をしていた。公太がそのことを知っていたかどうかはわからない。

「義兄の友人に会ってきました。義兄のお酒の量が増えたのは亡くなる半年ぐらい前からだそうです。いつも義兄は陽気に呑んでいたようですが、ふと悲しげな表情をすることがあったそうです」

　さつきが手すりから下を見ながら言う。

「不倫を知っていたのかもしれませんね」

　水木はそうとしか思えなかった。

「やはり、事故ではないんでしょうか」

　さつきも自殺という言葉を避けている。

「そう思います」

「煙草の吸殻が落ちていたそうです」

　さつきは警察から聞いた転落した直後の踊り場の様子を語った。

「公太さんはここで煙草を吸ったのですか」

「はい。警察のひとは、煙草を吸い終えたあと、誤って落ちたのだろうと言っていたそうです」

公太に自殺する理由はなく、事故として処理されたが、さやかが当時から不倫をしていた可能性が高くなった今は事故死には疑問を挟まざるを得ない。

ただ煙草を吸ったのはどうしてか。気持ちを落ち着かせようとして煙草を吸ったのだろうか。それとも、最後の一服を味わって死んでいきたかったのか。煙草を吸って、公太は死への恐怖と闘っていたのかもしれない。

「公太さんが亡くなった夜、さやかさんはお出かけだったのですか」

「はい。四国にいる学生時代の友達に会いに行っていました。連絡を受けたのが夜の十一時過ぎだったので、姉は次の日の昼過ぎに帰ってきたそうです」

「昼過ぎですか」

「飛行機のチケットがなかなかとれなかったと話していたのを覚えています」

さつきは顔をしかめ、

「今思うと、姉は急いで帰る気はなかったんでしょうね。夫の死よりも、不倫相手といっしょの時間のほうが大事だったんです」

と、憤然と言った。

さやかが旅行に行ったのは男といっしょだと、公太は気づいていたのだろう。

夜、マンションの部屋で悶々とした気持ちを酒で紛らわしていた。今頃、妻は他の男に抱かれている。そんな妄想に駆られ、公太は酒を呷《あお》ってウイスキーのボトルを一本空けた。

だが、いくら酒を呑んでも気持ちが晴れるわけはない。いや、そんなときはいくら呑んでも酔わなかったかもしれない。

ただ不快な気分になっただけだ。冷たい風に当たって気持ちを落ち着かせようと非常階段に出た。

気分が悪くなり、手すりから身を乗り出し、吐こうとした。そのとき、バランスを崩して前のめりになって手すりを越えて落下した。

それが警察の見方だった。だが、公太は煙草を吸っているのだ。気分が悪いのに煙草を吸うとは思えない。

いや、冷たい風に当たって気持ちを落ち着かせようとしたのなら、部屋のベランダに出ればいい。

やはり、最初から死ぬつもりだったのだろう。

「部屋のベランダの下はどうなっているのですか」

水木はきいた。すでにさつきは部屋を解約したので、水木はベランダを見ることは出来なかった。

「マンションの敷地で、植込みになっています」

「そこから飛び下りても樹の上に落ちるだけですか」

「そうです」

やはり、ベランダでは自殺に向かないと考えたのだろう。

諸々考えれば、公太は自殺だったのではないか。ずっと悩んできた末の自殺だ。別れることが出来なかったのは、さやかに未練があったからだろう。

さやかの不倫に気づいたのは、何かの確証を摑んだからだろう。偶然に、さやかが男と親しくしているのを見たのかもしれない。

公太は相手の男を調べたのではないか。そして、相手の正体がわかったが、誰にもそのことを打ち明けていなかったのか。

公太が悩みを誰にも話していなかったのは、自分の恥を晒したくなかったからだろう。しかし、弟の勝也にも相談しなかったのか。

「弟の勝也さんは公太さんと仲がよかったんでしょうか」

水木は兄弟の関係が気になった。

「ええ。とても仲がよかったようです。姉がそう言ってました」

さつきは答える。

「公太さんは勝也さんにも自分の悩みを話していなかったのですね」

「ええ、勝也さんはそのような話は何もしていませんでした。知らなかったようです」

「勝也さんは今、入院しているのですね」

胃ガンの手術をしたばかりのようだ。

「はい。でも、転移しているようです」

「勝也さんは、兄の事故死を素直に受け止めたのでしょうか」

水木は疑問を口にした。

「と、仰いますと？」

「亡くなる半年ぐらい前からお酒の量が増え、いつもは陽気に呑んでいたのに、ふと悲しげな表情をすることがあったと、公太さんの友人は話していたのでしたね」

「……」

「友人が気づいたのですから、勝也さんも何か変に思っていたことがあったのでは？」

「姉の不倫に気づいていたと？」

　さつきは眉根を寄せてきく。

「というより、公太さんの事故死に疑問を持ち、それからさやかさんの不倫を疑ったのではないかと思ったのです」

　水木は間を置いて、

「そういう目で生前の公太さんを振り返ると、さやかさんの不倫に苦しんでいる兄の姿が浮かび上がってきたのではないでしょうか」

　水木は推測を口にする。

「もし、そうなら、勝也さんはさやかさんの不倫相手を知ろうとしたのでは……」

「でも、勝也さんは私が桑名の真澄さんから聞いた男性の特徴を話しても、知らないと答えていました」

「何かわけがあって隠しているような感じは？」

「さあ」

　さつきは首を傾げ、

「でも、勝也さんはどうして隠すのでしょうか」

「そうですね」

その理由はわからない。だが、勝也は相手の男の手掛かりを摑んでいるのではないか。期待を込めて、水木はそう思った。

片瀬陽平は最初はさやかはひとりだったと言い、次には四十くらいのがっしりした体格の男がいたことを認めた。だが、その男の特徴は桑名でさやかがいっしょだった男とまったく違っていた。

片瀬はあえてさやかといっしょだった男のことを隠そうとしている。少なくとも、さやかの連れの男のことでは嘘をついているのだ。

片瀬とその男は顔見知りではなかったかという疑いが生じる。もし、そうだとしたら、偶然に事件を起こしたときに出会ったのか。もし、最初から示し合わせていたとしたら、事件の様相がひっくり返る。

さやかの不倫相手を知ることは事件解明にどうしても必要だった。

「勝也さんに会わせていただけますか」

水木は頼んだ。

「勝也さんが何か知っているとお思いですか」

「あなたには不倫相手の男の特徴を聞かれて知らないと答えたそうですが、何らかの理由でそう答えたのかもしれません」

「どんな理由でしょうか」

「わかりません。そのことを確かめるためにも、勝也さんに会いたいのです」

「わかりました」

さつきは怪訝そうな顔で頷き、

「勝也さんに確かめてから御連絡します」

と、さつきは約束した。

高輪から新橋の事務所に戻った水木は、他の民事訴訟の仕事をこなして、夕方になって元刑事の紺野啓介に電話を入れた。

「水木です。今、お話をしてだいじょうぶですか」

「ええ、どうぞ」

「じつは、迷ったのですが、調べられるものなら調べたいので」

と前置きして、水木は金子さやかが不倫相手の男と新橋のホテルで密会していたらしいという話をして、

「弁護士が頼んでも宿泊者のことを教えてくれないでしょうから、紺野さんの伝《つ》手《て》でなんとかなるものならと思いましてね」

「わかりました。なんとかやってみましょう」

「すみません。金子さやかは銀座八丁目にある『水の音』というバーで、ホテルにチェックインする男からのメールを待っていたそうです」

水木はふたりの密会の様子を説明して電話を切った。

受話器を置いたとたんに、今度は携帯のほうが鳴った。

さっきからだった。

「あのあと、勝也さんが入院している病院に行ってきました」

「えっ、すぐ行ってくれたのですか」

「はい。勝也さん、お会いしてもいいと仰ってくださいました」

「そうですか」

「最初は気が進まなかったようですが、姉を殺した片瀬陽平の弁護人だと知ったら、会ってもいいって。いつでもいいそうです」

「わかりました。明日、行ってみます。病院と病室を教えていただけますか」

「はい」

水木はメモ用紙を用意した。

翌日の午後三時に、水木はＪＲ船橋《ふなばし》駅からバスで十分ほどの場所にある帝王大《ていおうだい》付属病院に行き、待田勝也の病室に行った。

勝也は四人部屋の窓際のベッドに横になっていた。

「失礼します」

水木は声をかけた。

勝也は目を向けた。

「弁護士の水木です」

水木は名刺を差しだした。

「さつきさんから聞きました。ここじゃ話が出来ません。廊下の突き当たりに面会室があります。そこでお待ちいただけますか」

「わかりました」

水木は病室を出て、廊下の突き当たりまで行った。

いくつかのテーブルがあって、ほとんどひとがいたが、壁の隅のテーブルが空いていた。水木はそこのパイプ椅子に座った。

さきほど病院の玄関を入った瞬間、信子のことが蘇り、水木は体が震えた。知らせを受けて病院に駆けつけたとき、信子は集中治療室に入っていた。あのときの絶望感が蘇って胸を圧迫した。

点滴スタンドを引っ張りながら、勝也がやって来た。

顔色は悪く、頬もこけ、体も痩せているが、生気が漲《みなぎ》っているような表情だった。

「お元気そうですね」

水木は声をかけた。

「ええ、元気です。残された時間を精一杯生きようと思いましてね」

声にも力があった。

「残された時間？」

「いえ。ところで、先生は片瀬陽平の弁護をなさっているそうですね」

「そうです」

「片瀬陽平は死刑になりたかったと言っているようですね。一時は週刊誌やテレビのワイドショーでは、そのことばかりを報じていましたが、ほんとうなんですか」

勝也は好奇心を露《あらわ》にした。

「そうですね。じつはあなたにお尋ねしたいことがあって参りました」

勝也の質問を打ち切るように、水木は切り出した。

「兄の死は自殺だったのではないかと、さつきさんも言ってましたが、そのことですね」

勝也が先回りをしてきいた。

「ええ、あなたはその疑問を持ちませんでしたか」

「まったく」

「では、事故だったと？」

「ええ。以前、兄の家に行ってふたりで呑んだときも、兄は夜風に当たると言って非常階段に行きました」

「でも、夜風に当たるなら部屋のベランダでいいと思うのですが」

「非常階段からの夜景がいいんですよ。ベランダだとお台場方面とは反対になりますからね」

「なるほど。煙草の吸殻が落ちていたそうですね。煙草を吸ったんですね」

「そうですね」

「あの場所で煙草を吸いながら、公太さんは何を思っていたのでしょうか」

「さあ」

「さつきさんからお聞きと思いますが、さやかさんには付き合っている男がいたようです。三年前からのようです」

「……」

「友人の話では、亡くなる半年ぐらい前からお酒の量が増え、いつもは陽気に呑んでいたのに、ふと悲しげな表情をすることがあったそうです。あなたは公太さんの異変に気づきませんでしたか」

「たまにしか会いませんでしたから」

「公太さんから、そんな愚痴を聞いたことはなかったのですか」

「ありません」

勝也は不審そうな顔をして、

「兄の死が、片瀬陽平の弁護に何か関係でもあるのですか」

「わかりません」

「わからない？　わからないというのは関係があるかもしれないということですか」

その問いには答えず、

「事件当日、さやかさんが片瀬陽平に襲われたとき、そばに連れがいたのです。おそらく、不倫相手の男ではなかったかと思います。この連れについて、片瀬陽平は最初は連れはなく、女性ひとりだったと言い、次には目が大きく、四十歳ぐらいのがっしりした体格の男がいたと言いだしたのです。しかし、さやかさんの不倫相手とは似ても似つきません。わざと、違う特徴を言ったのではないかという疑いが生じました」

「……」

勝也が口を開きかけたが、すぐ閉じた。

「私はこのことに引っかかっているのです。ひょっとして、片瀬はさやかさんの連れの男を知っていたのではないか。そんな気がしたのです」

水木は勝也の顔を窺いながら、

「おそらく、偶然だったと思いますが、万が一の場合は事件の様相が変わってきます」

「不倫相手が邪魔になった義姉を片瀬陽平に殺させたとお考えですか」

勝也は蔑《さげす》むような目で、

「失礼ながら、先生のお考えにはふたつの大きな欠陥があります」

と、言った。

「なんでしょう」

「まず、ひとつは、義姉が不倫相手と並んで東京都美術館に行くはずはないということです。ふたりで仲良く美術館に行ったら、誰か知り合いに見られる可能性があるじゃありませんか。ふたりは用心深く交際していたのでしょう。そんな危険は冒しませんよ」

「なるほど。では、さやかさんはひとりで美術館に行ったと？」

「そうです。あくまでもひとりだったと思います」

「しかし、さつきさんは、さやかさんはひとりで美術館に行くようなタイプではなかったと言ってました」

「たまたま、上野に用があって、早すぎたので美術館で時間を潰そうとしたんじゃないですか。義姉の性格を兄から聞いていますが、ひとりで行動する活発な面があるということでした。ですから、私は義姉はひとりだったと思います」

「しかし、片瀬はいっしょにいた男の特徴を話しています」

「たぶん、水木先生に迎合して作り話をしたんじゃないですか」

「迎合ですか。それにしては、まったく違う特徴を口にしました。まるで意識しているかのように」

「それから、もうひとつ、これが肝心なことです。不倫相手から義姉を殺すように頼まれて犯行に及んだとしても、片瀬には何のメリットもないじゃないですか。謝礼をもらったとしても片瀬はすぐ捕まってしまったんですから」

「死刑になりたいという男とある人間を殺したいと思う人間が出会ったらどうですか」

「……」

「その場合は、両者の利害は一致します」

水木はさらに、

「さやかさんが不倫相手と並んで東京都美術館に行くはずはないということですが、さやかさんが死ぬとわかっていたら、不倫相手はいっしょに行っても問題はないと考えたのではありませんか。それより、いっしょにいなければならなかったはずです。片瀬はさやかさんの顔を知らない。殺す相手はこの女だと、隣にいた不倫相手が指し示す必要があったでしょうから」

「……」

「今、私が口にしたのはそういう解釈も出来るというだけのことで、そうだと疑っているわけではありません。いずれにしろ、不倫相手の存在は大きいのです。もし、あの現場にいたとしたら、何か片瀬の秘密を見ている可能性があります。

ですから、どうしても、捜し出したいのです」

　水木は勝也の細い顔を見つめ、

「あなたが公太さんの転落死を事故だと素直に受け止めたことに、私は引っかかっています。公太さんは悩んでいたはずです。その苦しみを、仲のよかったあなたが気づかなかったはずはない。そう思ったのですが……」

「……」

「いかがですか」

「そうです」

　勝也は大きくため息をついた。

「様子がおかしいので、兄を問い詰めました。そしたら、兄は義姉が不倫をしているようだと打ち明けました。そんな女、別れてしまえよと言ったんですが、兄は義姉のことが好きだったんです。自分を裏切っていても、別れることは出来なかったのです。だから、問い詰めることも出来なかった。兄に出来るのはじっと耐えることだけだったのです」

　勝也は苦しそうに続ける。

「兄が非常階段から落ちて死んだと聞いたとき、すぐ自殺だと思いました。遺書はありませんでした。たぶん、発作的に飛び下りてしまったんだと思います」

「あなたは、その疑いを誰にも言わなかったのですか」

「言いませんでした」

「なぜ、ですか」

「妻の不倫で絶望して自殺したなんて、兄が可哀そう過ぎます。だから、あくまでも事故死として扱ってもらいました。義姉を責めても、兄は戻ってきません。だから、私は兄の自殺の疑いを封印したのです」

「不倫相手を捜そうとしなかったのですか」

「兄が惨《みじ》めになるだけでしたから」

「そうですか。不倫相手の手掛かりになるものは何もなかったのでしょうか」

「ありません」

「そうですか」

勝也に疲労の色が見えたので、水木は話を切り上げた。

「長い時間、ありがとうございました」

「いえ。片瀬の裁判はいつごろになりましょうか」

「来年の三月ごろだと思います」

「三月ですか」

勝也は遠い目つきをした。

「何か」

「そこまで生きていられるかと思いましてね」

「手術は？」

「転移していて、ガンをすべてとりきれなかったそうです。余命半年と言われました」

勝也は落ち込んだふうもなく答えた。

「そうですか」

水木はかける言葉を見いだせなかった。

勝也は点滴スタンドを押しながらエレベータまで見送ってくれた。

「では、お大事に」

エレベータがやって来て、水木は勝也に声をかけた。

「何か思いだすことがあったら名刺の番号に電話をいたします」

勝也の声を聞いて、エレベータに乗り込む。重たい気持ちで、水木はロビーに下りた。

妊婦が自動ドアから入ってくる。産婦人科に向かうのだろう。とうとう水木と信子には子どもが出来なかった。

だが、そのぶん、ふたりの結びつきは深かった。信子のことに思いを馳せながら、病院をあとにした。

2

数日後の夕方、紺野が水木の事務所にやって来た。

いつものように、執務室の応接セットで向かい合った。少し疲れたような表情なのは成果が上がらなかったからに違いない。

「お疲れさまでした」

水木は労《ねぎら》った。

「新橋のホテルで、宿泊者カードを見せてもらおうとしたのですけど、当然のことに断られました。令状がなければだめなのですが、そこは奥の手を使って、なんとか」

紺野は照れくさそうに言った。

「えっ？　見ることが出来たのですか」

水木は紺野に調べを頼んだが、期待はしていなかった。宿泊者カードを見せてもらうことなど、いくら元刑事でも出来るわけがないと思っていたのだ。

「直接、見ることは出来ませんでしたが、ホテルのマネージャーに調べてもらえたのです。でも、結論から言って、相手の男はわかりませんでした」

紺野は落胆して言う。

「そうですか」

「相手の名前はわかったのですが、偽名でした」

「そうでしょうね」

本名でチェックインはしていまいと思っていた。

「それにしても、どうやって？」

水木は紺野がどうやって調べたのか興味を持った。

「堂々と話せることではないのですが」

「まさか、違法な手段で？」

「いえ」

紺野は苦笑して、

「じつは、後輩の警視庁の警部どのに付き添ってもらい、ホテルのマネージャーに会いましてね。ある事件で殺された女が不倫相手の男とこのホテルで会っていたらしいことがわかっている。相手の男を知りたい。宿泊カードを見せてもらえないなら、代わりに調べて、話せることだけでも話して欲しいと頼んだのです」

「なるほど」

「警視庁の警部は何の発言もせず、隣に座っていただけですが、マネージャーに与える心理的効果は大きかったようです」

紺野は真顔になって、

「金子さやかが『水の音』というバーに現れた七月二十八日の金曜日をはじめ、三年ぐらい前から月に二、三度主に金曜日の夜にダブルの部屋を予約している客を調べてもらいました。そしたら、ある人物の名がわかりました。でも、マネージャーはすぐその名前を私に教えてくれたわけではないんです。その客に電話をして、了承を得たら教えると」

紺野は息継ぎをして、

「それでマネージャーが宿泊カードの連絡先に電話をしたのですが、まったく違うひとにかかった。住所も出鱈目《でたらめ》だったそうです」

「不倫の男女が本名を使うことはないでしょうね」

「ええ。名前がわからなければどんな風貌だったかを知りたいと思い、マネージャーからフロントにきいてもらいました。やっと男と接したフロントマンが見つかったのですが、客の男はサングラスをかけてマスクをし、顔を隠していたそうです。四十代の細身の男だったようです」

桑名で、さやかといっしょにいた男に間違いないように思えた。

「なんという偽名ですか？」

水木はきいた。

「坂本晋作《さかもとしんさく》です。坂本龍馬《りょうま》と高杉《たかすぎ》晋作をいっしょにした名ですよ」

「偽名からは本名に繋がる手掛かりはないですね」

水木はため息をついた。

「本人がいくら龍馬ファンであっても、そこからは無理ですね」

紺野も口元を歪めた。

「坂本晋作は十月以降はホテルに来ていないそうです」

さやかが殺されたあとは、ホテルを使う必要がなくなったのだ。

「ふたりは宿泊していったのですか」

「いえ、午前一時過ぎにチェックアウトをしています」

おそらく、ホテルを出るときも別々だろう。用心深く交際していたふたりがいっしょにタクシーに乗って帰ることはなかったはずだ。

しかし、ふたりの行動パターンが摑めたことは前進だと思った。

「あのホテルはふたりの逢瀬のためだけの場所だったようですね」

紺野が言う。

「十月以降は利用がないことをみても、坂本晋作がさやかの相手だったということに間違いなさそうです」

「でも、残念でした。さやかの不倫相手がわかれば、片瀬とのつながりもわかるかもしれなかったのですが」

紺野は無念そうに言い、

「待田公太の弟も、不倫相手は知らなかったのですね」

と、きいた。

「ええ、義姉の不倫で兄が悩んでいたことは知っていたようですが、相手のことは知らないと言ってました」

「他に不倫相手を知る手立てはあるのですか」

「今のところありません」

「そうですか。ところで、水木先生。もうすぐ、米田進が出てくるようです」

「米田進に家族は？」

「事件のあと、両親は離婚したと聞きましたが……」

「米田進の家族も肩身の狭い思いで生きてきたのでしょうね」

水木も加害者家族に思いを寄せた。片瀬陽平が死刑囚の子として社会の差別を受けながら生きてきたのと同じように、米田進の家族も世間の片隅でひっそりと息をしてきたのかもしれない。

「紺野さん、米田進が出所したら会ってみたいのですが」

水木は頼んだ。

「わかりました。米田進の引き取り先を調べておきます」

紺野はそう言い、引き上げて行った。

三日後、水木は検察官の小田《おだ》検事から片瀬陽平に関わる殺人被告事件での証明予定事実記載書を受け取っていた。年明けから公判前整理手続が行われることが決まった。

公判前整理手続とは、裁判官、検察官、弁護人で話し合いをし、裁判が迅速に進むように事前に争点や証拠の整理などを行うことである。

証明予定事実記載書には、検察官が裁判で証明しようとする犯罪事実が記されている。すなわち、片瀬が死刑になりたいという目的で、東京都美術館にて景浦仙一と金子さやかを殺害し、警備員牟田徹と津波松三に傷を負わせたという行為が記載されていた。

翌日、水木は東京拘置所に行き、接見室で片瀬陽平が現れるのを待った。

片瀬について、ある疑問が湧いた。金子さやかの連れについての話が二転三転していることだ。

死刑になりたい人間にとって、金子さやかの連れが誰であろうと関係ないはずだ。それなのになぜ、片瀬は隠すのだろうか。

ドアが開いて、片瀬が入ってきた。

アクリルボードの前に座った。

「体調はいかがですか。少し、顔色が優れないようですが」

「だいじょうぶです」

「そうですか。年明けに公判前整理手続が行われることになり、検察官から証明予定事実記載書が届きました」

　その内容を話し、

「そこで裁判の方向が決まります。君に何か気持ちの変化はありましたか」

　死刑になりたいという気持ちが変わっているのではないかと期待してきいた。

「いえ、私の気持ちは変わっていません。私の願いは、ただ死刑判決を出していただきたいというだけです」

　やはり、その考えは揺るぎなかった。

「わかりました。その上で、どうしても確かめておかねばならないのは、先日来話している金子さやかの連れの男についてです」

「すみません。この前も言いましたように、よく覚えていないのです」

「君が社会で虐げられてきたことを証言してくれるひとはいないということでしたね」

「ええ。そういう知り合いはいません」

「君が加害者家族としてどんな扱いを受け、どんな目に遭ってきたか、君は自分の口から話すということでした」

「はい」

「私の弁護はそのことに尽きると思います。ですが、私がそのことを証明出来ないのは少し弱いのです」

「……」

「何度も言っていますが、死刑になりたいからひとを殺したという動機がどこまで裁判員に信じてもらえるか。真の動機を隠すために悲惨な話をしていると思われないためにも、君の言葉が真実の叫びであることを納得させなければなりません」

水木は片瀬を説き伏せようとした。

片瀬は口にした。

「先生も、私のことを疑っているのですね」

「信じています。ただ、一点、金子さやかの連れの件がひっかかるのです。どうしても、君が連れの男のことを隠しているように思えてしまうのです。それと、もうひとつ、君の父親のことです」

水木は続ける。

「君は死刑囚の子として悲惨な暮らしを余儀なくされた。でも、君は父親の宗像武三の死刑は間違いだったと主張している。それなのに、君は死刑を望んでいる。

ここに君に何か企みがあるのではないかという警戒が生まれる可能性がありま
す」

「それは先生が思っているだけではないのですか。先生が、法廷でそのような疑
問を持ち出さなければなんということもないのでは……」

「いえ、誰もが不思議に思いますよ。裁判官をはじめ、裁判員はなぜ死刑になり
たいのかに一番関心を寄せるでしょう」

「父の死刑に疑問を挟まないほうがいいということですか」

片瀬はむきになったようにきく。

「いえ。私も宗像武三の死刑に疑問を投げかけたいと思っています。宗像武三の
名誉を回復するいい機会ですから」

「それと私が死刑判決を望むのは矛盾しないのではありませんか」

「君はほんとうに死刑になって死にたいのですか」

水木はきいた。

「はい」

答えまで半拍の間があった。

今までにないことのように思えた。社会が自分を抹殺すべきだから死刑になり

たいのだという言い方が多かった。今、改めて死刑になって死にたいのかという問いかけに一瞬の間があった。今までは即答だった。

時間の経過が、片瀬に変化をもたらしたのか。水木はそうは思えなかった。片瀬の狙いはやはり死刑判決が下されることで、死ぬことではない。しかし、もし死刑判決が下されたら、自分が望んだことなので控訴はしないだろうから、控訴期間が過ぎて死刑が確定するのだ。そうなったら、ほんとうに死刑が執行されることになるのだ。

死刑判決を受けたあとで、そこから助かる道があるのか。

(まさか)

水木の脳裏にある考えが過った。

片瀬は宗像武三の死刑が間違いだったという確かな証拠を持っているのではないか。自分の死刑判決が確定したあと、そのことを持ち出し、検察と取引をしようとしているのではないか。

宗像武三が殺人に関して無実であれば、死刑にしてはいけない人間を国家が殺したことになる。

片瀬はそういう形で警察・検察・裁判所に復讐を果たそうとしているのだろう

か。

　だが、宗像武三の死刑が間違いだったという確かな証拠はあるのか。そのようなものがあるとは思えない。

　あるとすれば、仙波太一と米田進の告白しかない。仙波太一が二十二年前の強盗殺人事件で、村越院長夫妻を殺したのは自分だと上申書に書いて訴え出ることしか考えられない。だが、仮に仙波太一が訴えても、警察や検察は偽《いつわ》りだと反論するのは必至だ。

　だから、この方法が有効とは思えない。だとしたら、他に何か秘策があるのか。

「水木先生」

　片瀬は厳しい顔を向けた。

「先生は、ほんとうに私に死刑判決が下されるような弁護をしてくださるのですか」

「弁護人として被告人の利益になるような弁護をするのは当然です。しかし、死ぬための手伝いをすることは出来ません」

　水木はきっぱりと言った。

「そうですか。先生が死刑判決を下される弁護をするのに抵抗があるなら弁護人を下りてくださって結構です」

片瀬は珍しく感情を露《あらわ》にした。

「弁護人なしで、この裁判は出来ませんよ。刑事裁判で……」

「他の弁護士さんにお願いします」

水木の声を遮って、片瀬は言った。

「どの弁護士だってそのような弁護はしませんよ」

水木はたしなめるように言う。

「何も弁護をしなくていいのです。それだったら、誰でも出来るでしょう」

片瀬は口元を歪めた。

「弁護費用は出せるのですか」

水木は無報酬で片瀬の弁護人を引き受けているのだ。

「国選でかまいません。じつは前から考えていたのです。水木先生は一生懸命やり過ぎるんです」

「いろいろ嗅ぎ回ることが君にとって迷惑だということですか」

「ただ、私は死刑判決が下されればいいのです。だから、何もしてくれないほうがありがたいのです」

やはり、片瀬は何かを画策している。そう思った。

「そうですか。私からは下りません。君から解任の手続きをとってください」

水木はきっぱりと言った。

「わかりました。そうさせていただきます」

片瀬は強張った表情で言う。

「もし、新たな弁護人が決まったら、私も協力するとお伝えください。これから国選弁護人を選ぶとなると、裁判の開始は来年三月には無理でしょう。数カ月遅れるかもしれません」

「そんなに遅れるのですか」

片瀬が驚いたように言う。

「ええ。新しい弁護人はこれから裁判資料を読むのですから。では、私は引き上げます。君の解任手続きが済むまでは、まだ私は君の弁護人でいますので」

水木は立ち上がった。

途中で振り返ると、片瀬は茫然《ぼうぜん》としていた。

# 3

水木は江戸川区西葛西《えどがわくにしかさい》にある解体業の会社の寮に紺野とともに向かった。数日前に米田進は出所し、服役の前まで勤めていた解体業の社長の世話で、同業者の会社で働くことになっていた。

あれから十日ほど経ったが、片瀬から弁護人解任の知らせはなかった。片瀬の様子から本気で解任するのではないかと思った。

そのことは以前から考えていたという。金子さやかの不倫相手を水木が気にしてから、片瀬は水木を警戒しだしたのではないか。

金子さやかの連れについて、片瀬は語りたくないのだ。そこに何か大きな秘密が隠されているとみていい。

それにしても、なぜ、水木の解任を中止したのだろうか。弁護人の変更で、裁判の開始が数カ月遅れるということが影響しているのだろうか。

片瀬は早く裁判をやりたいようだ。何か急ぐ理由でもあるのか。死刑判決を受け、死刑が確定したあと、片瀬は何かを企んでいる。

「あそこですね」

グリーンの壁の寮が見えてきた。二階建てで、出入口は一カ所だ。玄関を入ると真ん中に廊下があり、両側に部屋が並んでいた。

靴を脱いで下駄箱に入れ、廊下に上がった。スリッパがないので足がひんやりした。

米田進の部屋は一階の一番奥だ。紺野は社長を通じて米田進との面会の許可を得ており、米田進も会うことを了承したという。

紺野が米田の部屋のドアをノックした。

すぐにドアが開き、頭髪の薄い五十過ぎと思える痩せた男が顔を出した。

「米田進さんだね」

紺野が声をかける。

「どうぞ」

米田は部屋の中に招じた。

四畳半の殺風景な部屋だった。出入口の横に流しがある。トイレは共同で、階段の近くにあった。

「覚えているか、二十二年ぶりだ」

紺野は懐かしそうに言う。

「覚えています。旦那は変わってません。まだ、警察に?」

「いや、定年になった」

「そうですか。定年ですか」

「あのときは、俺もまだ若かった。紹介しよう、宗像武三の倅、片瀬陽平の弁護人の水木弁護士だ」

「水木です」

名刺を差しだし、

「すみません、突然押しかけて」

と、水木は謝る。

「まだ、社会に馴れる訓練期間で暇ですから」

「二十二年だとずいぶん変わっただろう」

紺野がきく。

「ええ。山奥の沼からいきなり海に放流された感じです。ひとりで電車に乗って出かけるのはまだ怖いですね」

「そうだろうな。ところで、片瀬陽平が面会に行ったそうだな」

紺野が切り出した。

「来ました。それまで、手紙のやりとりをしていたのです。死刑囚の子だからということで、かなり悲惨な目に遭ってきたようですね。手紙にもそう書いてありました」

「あなたの家族はいかがでしたか」

水木はきいた。

「出所して一番驚いたのは、私の家族だけでなく、親戚の家族も崩壊していたことです。私の両親は離婚し、妹は美容師を辞めてどこかに行ってしまったそうです。世間は私の家族どころか、親戚まで許せないようでした。叔父も会社を辞め、いとこたちも……」

米田は顔を歪め、

「中にいるときは、いとこたちまでそんな目に遭っていたとは知りませんでした。出所してそのことを知ったのが一番のショックでした。今さらながらに、自分のしでかしたことの愚かさに五体を引きちぎられる思いです」

「片瀬陽平の苦しみは理解出来ますか」

水木は片瀬のことに話を持っていった。

「はい、死刑囚の子というレッテルを貼られてのことですからね。あんな事件を起こしたのもわかるような気がします」

「片瀬は千葉まであなたに会いに行き、父親がひと殺しをしていないことを証言してくれるように頼んだのではないですか」

「いいえ。少し違います。父を貶めたことを詫びてほしいと」

確かに、片瀬は水木にそう答えた。だが、それ以外に、何かを頼んだのではないか。そのことをきくと、米田は首を横に振った。

「いいえ、何も」

米田は否定した。

「ほんとうのことを話してくれ」

紺野が鋭い声で、

「村越夫妻を殺したのは誰だ？」

と、問い詰める。

「宗像武三です」

「嘘をつくな」

紺野は思わず強い口調になって、

「殺したのは仙波だ。違うか」

「……」

「片瀬陽平からもそのことを追及されたはずだ」

「出所間近になって千葉刑務所に東京地検の検事が私に面会にきました」

「東京地検の検事が？」

「私に会う前に、仙波さんとも会ったようです。そこではっきり言われました。外に出てもよけいなことは言わないようにと。もし、言ったら、社会的な制裁を受けて、生きていけなくなるからと」

「脅しですか」

水木は啞然とした。

「検事さんは、社会復帰に当たってての注意だと言ってました」

「よけいなこととは何を指しているのですか」

「……」

「二十二年前の事件のことですね。どうなんですか」

水木は迫った。

「言えません」

「宗像武三が殺したことにされ、死刑になったんだ。そのために、片瀬陽平は死刑になりたいからと無差別殺人を犯した。そのことを何とも思わないのか」

紺野が怒りをぶつけた。

「あんたは罪を償《つぐな》って出所した。だが、もっと大きな罪を犯している。宗像武三にひと殺しの罪をなすりつけ、死刑にさせた。さらにそのことで片瀬陽平を追い詰め、一般のひとをふたりも殺させた。その罪を償わず、このまま生きていくつもりか」

米田は俯いている。

「米田さん」

水木は声をかけた。

「片瀬陽平は死刑判決を望んでいるのです。死刑になって死にたいのではありません。死刑が確定したあと、何かをしようとしているのではないかと思えてなりません。そのことに、あなたは絡んでいるのではないですか」

「私は知りません。片瀬陽平とはなんでもありません」

米田は否定した。

「ほんとうだな」

紺野が念を押す。

「ほんとうです」

「片瀬が何を企んでいるか、あなたに想像はつきませんか」

千葉刑務所まで面会に行った片瀬から何か感じなかったのか。水木はそのことを期待した。

「いえ。特には……」

米田は首を横に振る。

「そのとき、片瀬は死にたいというようなことを漏らしていましたか」

「いえ、そんな感じはしませんでした」

米田は答えたあと、何かを思いだしたように、

「ただ印象的だったのは、婚約者との破談のことに話題が及んだとき、死刑囚の子は結婚しないほうがいいのだと恐ろしい表情で言っていたことです」

「恐ろしい表情？」

「そうです。眦《まなじり》をつり上げたそのときの顔は印象に残っています。自分の行為の報《むく》いが子どもに向くことを知っていたら、父はいくら苦しくても強盗なんかしなかったと思うと無念だと話していました。父親のせいで自分の人生は台無しに

なったと嘆いているようでした」

「父親のことを責めていたのですか」

「そうです。やはり、婚約者との破談が片瀬の大きな疵《きず》になっているのかと思いました」

「破談がですか」

水木は気になった。

死刑囚の子は結婚しないほうがいいのだと恐ろしい表情で言っていたことが、
この破談が片瀬の心に決定的なダメージを与え、死へと向かう道に足を一歩踏み出したのだろうか。

いや、それともこの言葉に隠された何らかの意味があるのか。

結局、新しいことは摑めないまま、水木と紺野は米田進の部屋を辞去した。

「米田は嘘をついているようには思えませんでしたね」

駅に向かいながら、紺野が感想を述べた。

「ええ。宗像武三の件にしても、口にはしませんでしたが、ひと殺しを否定しているようでした」

水木も応じる。

「でも、そのことを打ち明けるつもりはないようです」

「検察からの圧力があったようですからね」

たとえ、米田が告白しても、判決を覆すことは難しい。検察はその告白を嘘だと決めつけるはずだ。仮に再捜査という話になったとしても、裁判資料や警察の事件資料が紛失した今、真実の解明は不可能なのだ。

米田と会ったことで、片瀬と米田がつるんで何かを画策している可能性はないということがわかった。

片瀬が何かを画策しているとしたら別のことだ。やはり、金子さやかの不倫相手が鍵を握っている。

「やはり、金子さやかの相手坂本晋作の正体を探るしか他に手立てはないようですね。ただ、この線は難しい。携帯の履歴を見ることが出来ればいいのですが、いくら私でも無理です」

紺野が顔をしかめて言う。

「その不倫相手が何らかの形で片瀬の事件に関わっていることがはっきりすれば、地検に捜査をお願い出来るのですが……」

現時点では被害者の連れに過ぎない。不倫がばれるからという理由で現場から逃げた男の道義的な責任は大きいが、警察や検察が裁判所の令状をとってまで携帯会社から通話記録を調べる理由にはならない。

「紺野さんにお願いして申し訳ないのですが」

水木は謝り、

「ここ半年の片瀬の生活圏を辿っていただけないでしょうか。片瀬のほうから坂本晋作に辿り着くかもしれません」

片瀬は千葉県習志野《ならしの》に住み、事件のひと月前まで千葉市内でアルバイトをしていた。

「わかりました。当たってみましょう」

紺野は頷きながらこたえた。

水木は紺野と別れ、新橋烏森口の事務所に帰ってきた。

執務室の机に座ると、裕子がコーヒーをいれてくれた。

「うまい」

一口啜《すす》って、水木は顔をほころばせた。

「お疲れではないかと思い、いつもよりお砂糖とミルクを多めにしました」

裕子が答える。

「そう」

「やはり、お疲れのようですね」

「いや、だいじょうぶ」

水木は微笑んで見せた。水木はコーヒー好きだが、必ず砂糖とミルクを入れる。裕子は水木の体調を考えて砂糖とミルクの量を調整している。

「安心しました」

裕子は執務室を出て行った。

疲れているように見えたのは、片瀬陽平の件で何かが喉につかえたようにすっきりしないからだ。

片瀬は死刑判決を受け、死刑が確定したあとに何かを仕掛ける。そのことが間違いないように思えてきた。

宗像武三の件ではないようだ。その他に何が考えられるか。水木は片瀬の立場に立って考えを巡らせるが、思い浮かばずに出るのはため息ばかりだ。

何か大きな見落としがあるのではないか。

金子さやかは不倫相手、偽名だが坂本晋作と用心深く交際していた。ある程度の社会的な地位のある人間なのだろう。

だとすれば、待田勝也も言っていたように、人目のある美術館にふたりで並んで向かうことは避けるのではないか。

それをしなかったのは、片瀬と約束が出来ていたからか。しかし、殺しを依頼されたのだとしても、なぜ片瀬は犯行後遠くに逃げなかったのか。

死刑になりたい男と殺したい人間がいる男が偶然出会った末の犯行だったとは思えない。片瀬は死刑になりたくて犯行に及んだのではない。死刑判決を得たいためだった。片瀬は何か企んでいるのだ。

水木は死刑判決を得るための弁護をするつもりはない。だが、被告人に不利なことは出来ない。死刑判決を得たあと、被告人は何かを企んでいるなどとは言えない。

死刑囚の子として世間から爪弾《つまはじ》きにされた被告人の苦悩を訴え、情状面から死刑回避に持っていく弁護をしたとしても、世間への恨みを犯行の動機にし、片瀬自身が死刑を望んでいるのだ。

このことを裁判員はどう判断するだろうか。

死刑になるために犯した行為に対して死刑判決を下すのは被告人の希望を叶えることになるという弁護をしたとしても、被害者のひとり、私立東欧大学教授の景浦仙一の遺族は犯人の極刑を望んでいるのだ。

このまま裁判に入れば、死刑判決が出るかもしれない。何か事件に見落としがある。先入観にとらわれ、真実を見失っている。水木はそのことを考え続けたが、何も気づくことはなかった。


十二月も後半になっていた。

寒波が押し寄せ、真冬なみの寒さの中、紺野が事務所にやって来た。

「寒いですね」

執務室に入った第一声がその言葉だった。

「今、熱いお茶をいれます」

水木は言う。

応接セットに腰を下ろし、裕子がいれてきた茶をすすって、紺野はようやく人心地《ごこち》がついたようだった。

「土日にかけて習志野のアパートや千葉市内のアルバイト先など片瀬のことを調べてきましたが、やはり片瀬はひっそりと暮らしていたようですね。あまり、ひとは接触しないようにしていたそうです」

「アルバイト先ではどんな？」

「レストランの調理場で皿洗いや簡単な調理の手伝いなどをしていたようですが、同僚と付き合うようなこともなかったそうです」

孤独な姿が目に浮かぶ。

「アルバイトをやめさせられたのは店長との喧嘩が原因だそうです。九月のはじめごろ、休憩時間を過ぎてもなかなか戻ってこなかったので店長が注意したところ片瀬が言い返してきた。そのことがきっかけで、やめてもらうことになったということです」

紺野はやや身を乗り出し、

「そのとき、片瀬は誰かと会っていたようなんです」

「誰かと？」

「ええ、他の店員が近くの公園のベンチで、帽子をかぶり、サングラスをかけ、マスクをした男と片瀬が話しているのを見ていたのです」

「サングラスをかけ、マスクをした男ですか」

「明らかに顔を隠していますね。その店員は遅出で、店に向かう途中だったそうです。それ以上は見ていないので詳しい男の特徴はわかりませんでした」

「でも、貴重な証言ですね」

「坂本晋作では……」

紺野が想像を口にする。

確かに、さやかの不倫相手が思い浮かぶが、そうだとは言い切れない。だが、人との関わり合いを避けてきた片瀬が、仕事以外の用事で会う人間とは誰か。この男の存在は大きいと思った。

「それから。習志野のアパートの住人の話だと、片瀬はいつも午前十時ごろ家を出て、夜九時ごろ部屋に帰っていたそうです。ただ、土曜の夜はいつもいなかったようだと言ってました」

「土曜の夜はどこかに泊まってきているというのですね。つまり誰かと会っているのでしょうね」

「ええ。その相手がサングラスの男かどうかわかりませんが」

「引き続き、そのことを調べていただけますか」

「ええ、調べます」

「お仕事ではないのに、こんな調べごとをお願いして申し訳ありません」

「いえ。宗像武三の件では私にも責任があります。倅の片瀬陽平がなぜ、事件を起こしたのか。真実を見極める責任が私にはあると思っているんです」

紺野は声を震わせるように言った。

翌日、水木は東京拘置所に行き、片瀬と接見した。

「その後、解任の知らせがくると思っていたのですが、なかったのでまだ君の弁護人のつもりでいます」

「……」

片瀬は俯いて答えなかった。

「年明けにさっそく公判前整理手続がはじまります。前回、この件で詳しく話が出来なかったので……」

「先生。私は争うつもりはまったくありません。証明予定事実記載書に書かれたことをすべて認めます」

片瀬は水木の言葉を遮《さえぎ》って、自分の考えを言った。

「そうですか。わかりました。犯罪事実については争わないということですね」

「そうです」

「死刑になることを目的として犯行に及んだということも?」

「そうです。そのとおりですから」

「わかりました。君の考えはそのとおり裁判官や検察官に伝えましょう。ただ、私としては死刑を望む弁護は出来ません」

「わかっています。ですから、なにもしないでください。よけいな弁護はいりません」

「なぜ、私を解任しなかったのですか」

「面倒だったからです。これから新しい弁護人を探し、その弁護人と改めて打ち合わせをするのは煩《わずら》わしいですから」

「それだけの理由ですか」

「そうです」

「弁護人を替えると、裁判が数カ月ずれ込むかもしれないということに、君はあわてていたように思えましたが？　ひょっとして、早く裁判を終えたい事情があるのではないかと思ったのですが？」

「そんなものありません」

片瀬は微かに目を逸らした。

何かあるのだと、水木は思った、早く裁判を終えたい理由が、片瀬にある。そう思いながら、水木は質問を口にした。

「千葉市内でのアルバイトをやめさせられる前、君はアルバイト先の近くの公園で、帽子をかぶり、サングラスをかけ、マスクをしていた男と長い時間話し込んでいたそうですね。同じお店のひとが見ていたそうです。ほんとうですか」

「……」

「どうなんですか」

「そうです」

「誰なんですか」

「新しい仕事を誘われていたのです」

「新しい仕事？」

「ええ、でも断りました」

「なぜですか」

「気が向かなかったからです。もう生きていくのがいやになっていましたから」

「どこのどなたですか」

水木はきいた。

「覚えていません。関係ありませんから」

「それから、君は習志野のアパートに毎週土曜日は帰っていなかったそうですね」

「……」

「どこに行っていたんですか」

「錦糸町《きんし》まで出て、サウナやマンガ喫茶で過ごすのが唯一の楽しみでした」

「なんという店ですか」

「覚えていません」

片瀬は嘘をついている。やはり、何かを隠している。だが、そのことを追及しても、片瀬は答えまい。

ますます片瀬への疑惑は膨らんでいった。

4

年が明けた。元日の朝は仏壇の前で、信子と長い時間を過ごした。

午後になって裕子がやって来て、近くの神社に初詣に行った。こうしてふたりで歩いていると、夫婦に見えるかもしれないと思った。

お参りのあと、水木はきいた。

「信子は君に何か言っていたのでは？」

「何かとは？」

裕子は少し窺うように上目づかいに水木を見た。

「いや、なんでもない」

水木は首を横に振った。

一月十六日。地裁の会議室で第一回の公判前整理手続が行われて、水木は検察官とともに裁判官と向かい合っていた。

「弁護人は証明予定事実記載書に対して何か思うことはありますか」

眼鏡の奥の目を光らせて、裁判長が切り出した。

「いえ、特にありません」

水木は正直に答える。

「起訴状の事実を認めるのですか」

「はい」

「被告人は犯行の動機を死刑になりたいからと言っているようですが、弁護人の立場からこの点はいかがですか」

裁判長がきいた。

「弁護人にも死刑になりたいからと言っています。加害者家族の悲惨さが背景にありません。が、そのことが情状酌量に結びつくものではありません」

「精神鑑定を行う必要はないと？」

「はい。被告人は正常です。異常な行動はありません」

「弁護人は検察側の主張を全面的に認めるということでいいのですね」

裁判長は確かめるようにきいた。

「はい。それが被告人の希望でもあります」

「だとすると」

裁判長は困惑して、

「争点はないということになりますね」

と、水木と小田検事の顔を交互に見た。

「そうなります」

水木は答える。

「弁護人、被告人は公判で一転して犯行を否認する可能性はありますか」

「一審ではないと思います」

水木は応じる。

「一審ではないというのは？」

裁判長が怪訝な顔をした。

「被告人は死刑になりたいからと言っていますし、弁護人に対しても死刑判決が出るような弁護をしてもらいたいと訴えています。ですから、一審で死刑判決が出ることを望んでいますが、ほんとうに死刑になりたいのかは不明です」

水木は被告人の意志に反することを口にしたのだ。

「何か魂胆があると？」

裁判長が厳しい顔できいたが、すぐ小田検事が、

「我々は自白に関係なく、証拠でもって被告人の犯行であると立証するつもりです。したがって、公判で供述を変えても、問題はありません」

と、自信を覗かせた。

「弁護人は被告人と意思の疎通が図れているのですか」

「いえ」

水木は正直に言う。

「では、この場に被告人を同席させたほうがよいでしょうか」

裁判長は水木と小田検事の顔を交互に見た。

「いえ。その必要はないかと思います。片瀬陽平は起訴状を全面的に認めているからです。私だけが、片瀬陽平の行動に納得していないのです」

この場に片瀬がいたら、検察側に同調して水木の意見を一蹴するだけだ。

「弁護人は何を気にしているんですか」

裁判長は確かめるようにきく。

「起訴状の事実を認めますが、ただ一点、被告人片瀬陽平が三人目の金子さやかを殺害したあと、四人目の津波松三に掠り傷を負わせただけで現場から逃げだしたことが気になるのです。死刑になりたかった人間がなぜ、それだけの殺傷で中止をしたのか」

「それは、取り押さえられると思って怖くなったからと被告人が供述しています」

小田検事が答える。

「死刑になりたいというのであれば、最初から捕まる覚悟だったはずです。もっとも、いざ実行してみて精神状態が乱れたということは十分に考えられますが」

「弁護人は、死刑になりたいという動機に疑問を持っているということですか」

「そうですね」

「動機は別として犯行については認めるのですね」

「認めざるを得ません」

水木はため息をついて答える。

「検察側は、この動機については素直に受け止めているのですね」

裁判長が小田検事に確かめる。

「そうです」

検察も、死刑判決を受けたあとで仙波太一と米田進を巻き込んで宗像武三の死刑執行の過ちを訴えて騒ぐのではないかと警戒していた。だから、わざわざ米田進にも会いに行ったのだ。そして、その可能性がないことがわかったから、安心して死刑になりたいために犯行に及んだという供述に嘘はないと判断したのだ。

「被告人と検察側が同じ考えでいるのに、弁護人だけが異を唱えるという予想外な展開になりましたね」

裁判長が困惑して言う。

「検察官にお願いがあるのですが」

水木は小田検事に顔を向けた。

「なんでしょう」

「被害者の金子さやかはあの日、不倫関係にあった男性といっしょに東京都美術館に行ってあの災禍に遭ったのです。その男性は不倫がばれると思って、瀕死の恋人を見捨ててその場から逃げた可能性があります。片瀬陽平は当初は金子さやかはひとりで来ていたといい、次には四十代のがっしりした体格の男がいたと言ったのです。ところが、最近はどんな男だったか覚えていないと言いだしたのです。私はこの金子さやかの不倫相手は重要な存在だと思っているのです」

「重要と言いますと？」

「片瀬陽平とさやかの不倫相手が顔見知りだったかもしれないという疑いを持たざるを得ないのです。もしそうだったら、いろいろな状況が考えられます、まず」

水木は息継ぎをして続けた。

「さきほどの私の疑念、片瀬陽平が三人目の金子さやかを殺害したあと、四人目の津波松三に掠り傷を負わせただけで現場から逃げだした理由です。確かに、片瀬は取り押さえられると思って怖くなったと私にも話していましたが、ほんとうは顔見知りの人間に出会って急に我に返って逃げだしたということも考えられます」

「しかし、それでも結果は同じことではありませんか」

小田検事は反論した。

「別のケースも考えられます。片瀬陽平と不倫相手が示し合わせていた場合です」

「なんですって」

小田が目を見開いた。

「金子さやかが邪魔になった不倫相手と死にたいと思っていた片瀬がどこかで出会い、今回の事件を引き起こした……」

「そんなことあり得ませんよ」

小田検事は一蹴する。

「不倫相手にしたら、最初から警察に捕まるつもりの男に殺人を依頼するのは危険だと考えませんか。いつ気が変わってほんとうのことを言い出すかわかりません。もし、そうなら不倫相手の男は今も毎日、びくびくしながら過ごしていることになります」

「片瀬の死刑による自殺願望はほんものだと判断したのかもしれません。あるいは、片瀬が約束を破っても、その男に累が及ばない手立てが出来ていたのかもしれません。それは何かわかりませんが、不倫相手を知りたいのです。携帯会社で金子さやかの通話記録を調べて……」

「いや。もし事件と関わりなかったらどう言い訳するのですか。プライバシーの侵害になります。犯罪に関わっているとはっきりしているのなら調べるのにやぶさかでないですが、この事件は片瀬陽平は自供し、証拠も揃っているのです。被害者の不倫相手まで暴くのは行きすぎではありませんか。人権を重んじる水木先生らしくないご提案だと思います」

小田検事は手厳しく言う。

「そう仰られると返す言葉もありませんが……」

ここでむきになって言い合っても仕方なかった。確かに、不倫相手が事件に関わっている可能性は高いとはいえないのだ。

「弁護人、よろしいですか」

先に進んでいいかと、裁判長がきいた。

「はい」

水木は仕方なく応じた。

「では、犯罪の事実については争うことはなく、唯一の争点は動機についてでしょうか」

裁判長が水木と小田検事を交互に見た。

「弁護人は死刑になりたいからという動機に疑問を持っているということですね」

「真の動機を隠すために死刑云々を自供したというのとちょっと違うのです。片瀬の狙いは死刑判決が出て、死刑が確定したあとに……」

水木は首を横に振った。

「いえ。あくまでも私の思い込みに過ぎませんので」

「では、とくに争点はないということでよろしいのですか」

「はい」

水木は無念の思いを押し殺して答えた。

「では、証拠の請求を」

裁判長が小田検事に声をかける。しかし、小田は何か考え事をしていたようで、裁判長の声が耳に入らなかったようだ。

「検察官」

裁判長が再度呼びかけた。

「あっ、失礼しました」

「証拠の請求をお願いします」

「わかりました」

片瀬の犯行を証明するために、検察官が証拠の取り調べ請求をする。証拠書類と証拠物、証人の氏名及び住所。そして、証人が公判期日において供述すると思われる内容が開示された。

ふつうであれば、これにより、被告側は防御の方法を考えるのであるが、水木が闘うものはなにもない。

次に、証拠の整理に入って、検察側が開示した証拠を検討した。弁護側と闘うものはないのだから、もはや裁判員に片瀬の犯行を理解させるために過ぎず、証人の数も絞り込んだ。

証人には私立東欧大学教授の景浦仙一の妻女の名もあった。いかにいい夫であり、父であり、学生たちから慕われていたかを証言させ、極刑を望んでいると証言させるつもりだろう。

それから、千葉にあるレストランの店長の名もあった。片瀬陽平がいかにひがみっぽく、社会生活の不適合者であったかを証言させるのか。

最後に、次回に向けて、被告人側の予定弁論書の提出期限を決めた。弁護側が裁判で弁護を主張する内容やどのような証拠で反論するかを示さなければならないのだが、反論するものは何もないのだ。

それでも弁論の内容を示さなければならない。死刑囚の子として悲惨な生き方を余儀なくされたことを述べ、情状面を訴えるしかなかった。

第一回の公判前整理手続を終えて、水木は会議室を出て、エレベータホールに向かうと、小田検事が追い掛けてきた。

「水木先生」

小田は頭髪が薄いが、まだ四十前だ。

「さきほどは失礼しました」

水木が戸惑っていると、

「少しお話がしたいのですが」

と、小田は声をひそめて言う。

「わかりました。では、下にいきましょう」

エレベータが来て乗り込む。

ロビーの隅に行き、

「片瀬が死刑判決を望んでいる理由のことです」

と、小田が小声で切り出した。

「あなたも何か疑問を？」

「ええ。じつは取り調べた笹村検事は父親の宗像武三の件を気にしていました。この件はなぜか上のほうがあわてて対処して、千葉刑務所まで行って手を打ったそうです」

そのことは、水木も米田から聞いている。

「その件では、安心して起訴したのですが、笹村検事は何か不安を感じていると私に打ち明けたのです。死刑になりたいからひとを殺したという動機の裏に何かあるのではないかという思いが消えないのだと言ってました。私は事件資料を読んだ限りにおいて何ら問題ないと思っていたのですが、水木先生の話を聞いていて、私も笹村検事の不安がわかるような気がしてきたのです。水木先生が仰った、片瀬は死刑判決を受けることが目的で、処刑されることを望んでない。その言葉が私の胸を突き刺しました」

小田は息を継いで、

「事件は証拠もあり、片瀬の犯行に間違いありません。問題なく有罪に、いや死刑にもっていけるという自信はあります。でも、死刑判決を受けることが目的だとしたら、我々はまんまと片瀬の企みに乗ってしまうことになります。つまり、この裁判は、片瀬のために開かれるのです。さっき、水木先生の話を聞いていて、そんな不安を抱いたのです」

「そうですか。まさに、私もそのことを気にしています。私たちは何か見落としていることがあるんだと思います。あるいは思い込みから勘違いしていることがあるのです」

「なんでしょうか」

「わかりません。しかし、少しでも不審な点を調べていく必要があるんです。そのひとつが金子さやかの連れだった不倫相手です。この男のことを、片瀬は知っているのではないかと思うのです」

「やってみます」

「えっ?」

「笹村検事と相談し、携帯会社から金子さやかの通話記録を取り寄せるように手配してみます」

「ほんとうですか」

「ええ」

不倫相手に会えば、何かがわかる。そんな気がしているのだ。だが、水木は否定した。

「でも、冷静に考えれば令状は出ないように思います。いや、出してはいけないように思います。事件と関わりがあるとはっきりしているならともかく、あくまでも想像でしかないのですから。もし、このことが許されたら、どんな事件でも、関係者のプライバシーを官憲が勝手な理由をつけて調べていいことになりますからね。他の目的のために調べることも可能になってしまいます」

弁護士としては、そこまで踏み込んではいけないような気がした。

「でも、一応、笹村検事と相談してみます。彼も同じ意見ですから」

小田は真剣な表情で言った。

ふつか後、小田検事から電話があった。その沈んだような声で、金子さやかの通話記録の件は不調に終わったことを悟った。

「だめでしたか」

水木は先にきいた。

「申し訳ありません。やはり、上司からも理由がないと言われました。現場から逃げた不倫相手を捜したいという被害者遺族の希望を叶えるために、そんな真似は出来ないと。事件の解明は済んでいるという認識ですからね」

「そうでしょうね。止むを得ません」

「でも、水木先生は不倫相手が事件に何らかの形で絡んでいると見ているのですね」

「明確な証拠があってのことではありません。私の思い過ごしかもしれません」

確かに、ただ不倫がばれるからと瀕死の金子さやかを見捨てて逃げた男には道義的な責任があるが、事件とは関係ない。

遺族としてはその男を見付けて制裁を加えてやりたいという感情を持つのはあたりまえだ。だが、そのために、被害者の通話記録を調べようとするのは違法だろう。

この件は諦めるしかなかった。

「この先、どうなりましょうか。このままでは、片瀬の手のひらの上で裁判をしていくような気がしてなりません」

小田が焦ったように言う。

「何か突破口があるはずです」

「わかりました」

電話を切ると同時に、また電話が鳴った。

さつきからだった。少し興奮して震えを帯びた声だった。

「さっき、桑名の真純さんから電話がありました。姉の相手らしい男がわかったそうです」

さつきが相手の名を口にするのを、水木は緊張して待った。

# 第五章　防犯カメラ

## 1

中野区中野一丁目にある景浦仙一の家に赴いた。玄関横のポーチにきょうは車がなかった。

インターホンを押す。

きのうの金子さつきからの電話は水木には衝撃的なものになった。桑名の『喜多八』に客で来た高校生が私立東欧大学の学校案内を持っていた。真純は、この大学の教授が金子さやかといっしょに通り魔に殺されたことを思いだし、学校案内を借りて、教授陣の写真が掲載されているページを開いてみたのだという。

「はい」

インターホンに応答があった。景浦仙一の妻女昌美のようだ。

「弁護士の水木です。ちょっとお話をお伺いしたいことがありまして」

「どうぞ」

「すみません」

水木は玄関に向かった。

昌美が迎えてくれた。この前来たときより、だいぶ顔色もよく、だんだん元気を取り戻している感じだった。

水木は仏壇に手を合わせ、そのあと応接間のソファーに腰を下ろした。

茶をすすってから、水木はさりげなくきく。

「ご主人はいつもお帰りは遅かったのでしょうか」

「ふだんはそれほど遅いということはありません」

昌美は怪訝そうに答える。

「週末はいかがですか。金曜日は？」

「金曜はいつも遅かったですね」

昌美はしんみり言う。

「やはり、大学のほうで？」

「ええ。研究室に居残っていたようです」

「ちなみに金曜日は何時ごろお帰りに?」

「私はもう眠っていますからよくわかりませんが、午前二時前後ではなかったかと」

寝室は別なのかもしれないが、そこまではきけない。

「あの何か?」

昌美が怪訝な顔をした。

「いえ、ちょっと確認したいことがありまして」

水木は曖昧に答えてから、

「去年の六月十六、十七日ですが、この日、ご主人がどこにいらっしゃったかおわかりですか」

「六月十六、十七日ですか」

昌美は微かに眉を寄せ、

「なんの確認でしょうか」

と、警戒する口ぶりになった。

「じつは片瀬陽平はご主人と面識があったのではないかと……」

「片瀬とですか」

昌美は不快そうな顔をした。

「いえ。あくまでも可能性だけで、ほんとうかどうかわかりません。ただ、一応調べておかねばならないので」

「もし面識があったらどういうことになるのでしょうか」

「まだ、はっきりとは……」

「ちょっとお待ちください」

昌美は立ち上がって大型の手帳を持ってきた。

「それは？」

「主人のです。ここにスケジュールが書いてあります」

そう言い、昌美は手帳のページをめくっていった。

「六月十六日ですね」

ページをめくる手を止め、昌美は続けた。

「この日は学会があって、名古屋に行っています」

「名古屋ですか」

名古屋から桑名は近い。

「日帰りですか」

「いえ、夜はホテルの会場で懇親会があるというので名古屋に泊まったようです。後日、会場で撮った写真が送られてきましたから」

「では、お帰りは翌日の何時ごろでしたか」

「翌日は名古屋にいる学生時代の友人と旧交を温めたそうで、夜遅く帰ってきました」

「その友人の名はわかりますか」

「いえ」

学生時代の友人との話は嘘だろう。翌日は朝早く東京を出発したさやかと桑名で待ち合わせたのだ。

もはや、景浦仙一と金子さやかが不倫関係にあったことは間違いないようだ。

「事件の日、ご主人が東京都美術館に行くことはいつ決まったのでしょうか」

「今週の土曜日は東京都美術館に行くという話をしていましたから、前から決めていたと思いますけど」

「その予定をどなたかに話されたことはありますか」

「いえ」

昌美は答えたあと、あっと思いだしたように、

「そういえば、マスコミの方から電話がかかってきたことがありました。取材のお願いをしたいので、先生の在宅の日にちを教えてくれないかという内容でした。主人は取材は受けないからとお断りしたのですが、先生にとってもいい話だと思うのでぜひお目にかかってお頼みしたいと熱心なので、つい今週の土曜日の朝は東京都美術館に行くと教えてしまいました。ただし、ひとりでゆっくり鑑賞したい人間なので声をかけるなら出てきたときのほうがいいですと付け加えたのですが」

「そうですか」

その電話の主は片瀬陽平だろうか。

「事件のあと、そのマスコミの人間から何か連絡はありましたか。もし、そこに行っていれば現場に居合わせたことになりますが」

「いいえ、ありません」

昌美は首を横に振った。

その後、裁判の見通しなどをきかれたが、片瀬陽平は相変わらず死刑判決を望んでいるなどと話すに留め、景浦家を辞去した。

事件を最初から見直さなければならなくなったことに、水木は唖然とする思いだった。

そもそも片瀬陽平は、警察・検察はもとより弁護士までも信用していなかった。すべて父親の宗像武三が死刑になったことに起因している。特に、仙波太一の弁護人財部一三に対する怒りもあって弁護士への不信は大きかった。

水木を含め、警察・検察は片瀬にとっては敵なのだ。

新橋烏森口の事務所に帰って、水木は事件を整理した。

事件の日、景浦仙一は東京都美術館でさやかと待ち合わせた。いっしょに美術館に入るつもりではなく、単にロビーを待ち合わせ場所にしただけであろう。

そこで落ち合い、別な場所に移動するつもりだったのだ。もちろん、さやかは少し離れて景浦仙一のあとをついていく。

そして、昭和通りか、反対側の不忍《しのばず》通りに出てタクシーを拾ってどこかに移動するつもりだったのではないか。

当日、景浦仙一は早めに着いて『ボストン美術館の至宝展』を鑑賞してロビーのソファーに腰を下ろしてさやかを待っていた。そのとき、片瀬もまた東京都美術館のロビーにいて景浦仙一を見張っていたのだ。

ロビーに備えつけられた防犯カメラに片瀬陽平の姿が写っていた。片瀬もまたさやかがやって来るのを待っていたのだ。

そして、午前十一時ごろになってさやかがやって来るのをガラス越しに見て、景浦仙一が立ち上がって入口に向かった。

そのとき、片瀬は行動を起こした。景浦仙一を追い掛け、刃物で刺した。騒ぎに駆けつけた警備員牟田徹の腕を刺したあと、片瀬は金子さやかを襲った。さらに制止しようとした津波松三に切りつけて逃走した。

片瀬の狙いはあくまでも景浦仙一と金子さやかのふたりだったのだ。

しかし、片瀬にはふたりを殺す動機はない。誰かに頼まれたのだ。

動機があるのはさやかの義弟だった勝也だ。勝也の兄公太は妻さやかの不倫に悩んだ末に自殺した。勝也は兄の復讐のために片瀬を使って……。

千葉市内のアルバイト先の近くにある公園で、帽子をかぶり、サングラスをかけ、マスクをしていた男と片瀬が長い時間話し込んでいたのをアルバイト先の男性が見ていた。片瀬は新しい仕事に誘われていたと言っていたが、その男こそ勝也ではなかったか。

片瀬と勝也がどうやって結びついたかわからないが、ふたりはある時期から行動を共にしているのだ。

だが、勝也は兄の復讐をなぜ片瀬にやらせたのだろうか。なぜ、自分でやらなかったのか。

兄の恨みを晴らすなら自分の手でやってこそ意義があるように思えるが……。確かに、勝也はガンを患っていた。復讐をする体力に自信がなかったのだろうか。しかし、勝也が手術に踏み切ったのは事件のあとだ。千葉市内の片瀬のアルバイト先の近くにある公園にも出かけているのだから、体力がないとは言えまい。

そう考えると、死刑になりたいがために、片瀬が勝也の殺意を利用して犯行に及んだということになるが……。

それでは、やはり片瀬は死刑になりたいために犯行に及んだのか。死刑判決を受けることが狙いで、死刑になることが目的ではなかったという見方は違っていたのか。

約束の五時に、さつきがやって来た。

執務室の応接セットで向かい合うなり、

「先生、いかがでしたか」

と、さつきはきいた。

「六月十六日の夜、景浦仙一は名古屋に行ってました。翌日、夜遅く帰ってきたようです。その他、金曜日の件でもさやかさんの行動と一致します」

「じゃあ、姉の相手は景浦仙一で間違いないのですね」

「ええ。ですが、確かにそうだという確証はありません。景浦仙一の奥さんはそれだけで信用すると思いますか。ふたりの行動が一致しているとしても偶然かもしれません。桑名の真純さんが言うように、さやかさんの相手の男性が景浦仙一に似ていただけで、本人であるという証拠はありません。そう反論するかもしれません」

「でも、ふたりは死んでいるんです。他に証拠は見つけだせるのでしょうか」

「その疑いが強くなったので、警察なり検察が携帯会社の通話記録を調べてくれると思います。さらに、新橋のホテルにふたりの写真を持参し、フロントのひとに記憶をたぐってもらえればはっきりするでしょう。でも、ほぼふたりが不倫関係にあったことは間違いないと思いますので、私はそれを前提に動きます」

「でも、そうなるとどうなるのでしょうか」

　さつきは不安そうな表情で、

「片瀬は、最初からふたりを狙ったのでしょうか」

と、きく。

「おそらく、そうでしょう。ですが、片瀬が素直に認めるかどうか」

「でも……」

「あなたにお願いがあるのですが」

「はい」

「勝也さんに、お姉さんの不倫相手がわかったと伝えていただけませんか。そして、不倫相手もいっしょに殺されたと話してください」

「まさか、勝也さんが……」

「いえ、そういうわけではありません」

さつきは何か言いたそうだったが、水木が押し黙ったので何も言わなかった。


翌日、水木は東京拘置所に行き、片瀬陽平と接見した。

アクリルボードの前で落ち着いて座っている片瀬に、水木は静かに切り出した。

「以前、金子さやかさんの不倫相手は、さやかさんが刺されたにも拘らず、自分の秘密を守るために現場から逃走したと言いましたが、覚えていらっしゃいますか」

「ええ」

「でも、実際はそんな卑怯な男ではないことがわかりました」

「……」

片瀬は微かに怪訝な顔をした。

「不倫相手は死んでいたのです」

「死んでいた？」

「ええ、金子さやかさんといっしょに」

「……」

「君が殺した景浦仙一さんが金子さやかさんの相手だったのです」

片瀬は目を剝いたが、それは一瞬だった。

水木は身を乗り出して、

「君は知っていたね」

と、きいた。

「いえ、知りません。はじめて聞きました」

「君は最初からふたりを狙って襲ったのではないのか」

「いえ、違います。ふたりが知り合いだったなんて知りません。私はそんなことは知らずに襲ったのですから」

「偶然だと?」

「そうです。でも、ふたりが知り合いだとしても、不思議でもなんでもありません。待ち合わせていたのなら、あの場にいっしょにいてもおかしくないですから」

「しかし、君は金子さやかがやって来てから行動を起こしている」

「いえ、私はロビーにいた男のひとが立ち上がったので実行したんです。それまで、なかなか実行に移せなかったので」

片瀬は言ってから、

「第一、私は景浦仙一というひとも金子さやかさんも顔を知りません。会ったこともありませんから」

「待田勝也という男性を知っているかね」

「いえ、知りません」

即座に返事があった。

「ほんとうに?」

「ええ」

「君は千葉市内のアルバイト先の近くにある公園で、帽子をかぶり、サングラスをかけ、マスクをしていた男と長い時間話し込んでいたね。その男は待田勝也ではなかったのか」

「いいえ。待田勝也なんて男、知りません」

片瀬は首を横に振る。

「事件の数日前、マスコミを装って自宅に電話をし、景浦仙一の土曜日の予定をきいた男がいたそうです。君では？」

「違います」

「君は金子さやかの連れについて言うことが二転三転した。なぜだね」

「それは先生が連れがいたはずだとしつこくきくので、仕方なくあのように答えたんですよ」

片瀬は厳しい表情になって、

「まるで取り調べのようじゃありませんか。弁護士って警察まがいのことまでするのですか」

「君がほんとうのことを話してくれないからだ」

「話しています」

「いや、話していない」

「……」

「君は何かを隠している。君の魂胆は何なんだ？」

「先生、弁護人の使命ってなんですか。被告人の利益を守ることではないのですか。先生のやっていることは私を嘘つきよばわりをし……」

「片瀬くん」

水木は口をはさんだ。

「被告人を守るには真実を知る必要がある。だが、君は肝心なことを隠している。おそらく、弁護士を信用していないからだろう。君は警察・検察だけでなく弁護士まで敵に回している」

「私の父を死刑にするのに加担したのが財部弁護士ですよ。その後、弁護士会の副会長にまでなったそうじゃないですか。弁護士ってそんなもんじゃないですか」

「やはり、財部弁護士の件が引っかかっているのか……」

水木は苦しげにため息をつき、

「確かに、財部弁護士は間違えた。いや、ひょっとしたら、仙波太一の犯行と知りつつ、本人の主張通りに弁護をした。その結果、宗像武三に罪をなすりつけた形になった。でも、財部弁護士は被告人の利益を守るために弁護をしたのです」

「他人を犠牲にしてもですか」

「そこは財部弁護士に非がある」

「違います。財部弁護士は仙波太一を助けるために父に罪をなすりつけたのです」

「そこらへんはわかりませんが……。しかし、警察や検察は宗像武三の死刑に疑問を持っているようです」

「そんなこと考えられません」

「いや。だから、警察や検察は捜査資料や裁判資料を処分した」

「もう、そんなことはいいんです」

「うむ？」

「父のことはいいんです。今さら、父の名誉が回復されるとは思っていませんし、それで私の失われた人生が戻ってくるわけではありません」

「……」

「先生。私は死刑になりたいから犯行に及んだのです。たまたま殺した相手が待ち合わせていた男女だったというだけです。景浦仙一と金子さやかに会ったこともなく、顔も知りません」

もし、勝也に頼まれていたら事前にふたりの顔を調べていたはずだ。遠くから、勝也が片瀬に教えた……。

そう思ったとき、水木は気付いたことがあった。

片瀬が不安そうな目を向けていた。

## 2

午後に事務所に帰ったとき、立会検事の小田から電話があった。

やや興奮した口ぶりで、

「水木先生、携帯会社の通話記録から金子さやかが頻繁にやりとりをしていた相手がわかりました」

と、切り出した。

「景浦仙一ですね」

「ご存じでしたか」

「でも、これではっきりしました」

「どういうことなのでしょうか」

「たまたま襲撃した相手が知り合いだった可能性もありますが、そうではない場合もあります」

「そうではないというと？」

「それを確かめるために防犯カメラの映像を詳しく見てみたいのですが、見せてもらうわけにはいきませんか」

「証拠品としてUSBメモリーに画像が入っています。パソコンでも……」

「片瀬以外のロビーにいる人物も見てみたいので、いろいろ解析出来たほうがいいのですが」

「警視庁の捜査支援分析センターですね」

「ええ」

捜査支援分析センターは防犯カメラの回収や解析を行う。刑事部の中にある。東京都美術館での通り魔事件発生後もすぐに駆けつけ、防犯カメラのハードディスクの映像を回収したのも、このセンターの捜査員だ。

「わかりました。さっそく手配し、また連絡します」

小田は約束して電話を切った。

ふつか後、水木は小田検事と上野中央署の香島保警部補とともに警視庁刑事部の中にある捜査支援分析センターに行った。

被害者ふたりが不倫関係にあったという知らせに香島は困惑を隠せないようだった。

すでに小田検事から話が通っていたので、係官はさっそく映像を再生した。

午前十時半ごろの東京都美術館の玄関ロビーの映像が映し出された。幾人もの男女がいる。

水木は画面に食い入る。十時四十分ごろにフード付きのパーカー姿の男が画面の左手から現れた。カメラのほうに顔を向けた。片瀬だとはっきりわかる。カメラに気づいてあわててフードをかぶってカメラの前から離れた。

しばらく、フードをかぶった男は画面から消えた。時間にして五分ほどで、再び現れた。何人もの入館者が映し出されている。ときたまフードをかぶったパーカー姿の男が映る。うろついているのだ。なぜか、ときたま手を上げ、肩をまわしている。

片瀬は景浦仙一と金子さやかの顔を知らない。事前にどこかで遠くから見たことはあるかもしれないが、ひと違いをするかもしれない。

　だから、ロビーに待田勝也も来ている。そう思ったのだ。

　ソファーから景浦仙一が立ち上がった。フードをかぶった男が追う。それから惨劇が繰り広げられた。が、景浦仙一が襲われたところまでは画面に入っているが、そのあとはカメラの範囲外だった。

　ここまで見た限りでは何もなかった。

「すみません。また、最初からお願い出来ますか」

　水木は係員に言う。

「わかりました」

　画面は最初の十時半ごろのロビーの光景に戻った。入館者たちに目を凝らす。だが、勝也らしき男はいない。

　十時四十分ごろにフード付きのパーカー姿の男が画面の左手から現れる。片瀬はカメラのほうにしばらく顔を向けてから、あわててフードをかぶってカメラの前から離れた。

　このときの片瀬の行動に引っかかった。片瀬がフードをかぶって画面から消えたあと、画面の右端の男に気付いた。ふたりの婦人客の陰に隠れていたので気付かなかったが、野球帽をかぶった男がいた。

「すみません。ちょっと戻していただけますか」

「はい」

片瀬の顔が映し出され、あわててフードをかぶってカメラの前から離れたところで、

「止めてください」

と、水木は声をかけた。

ふたりの婦人客の陰に隠れている男を指さし、

「大きくしていただけますか」

と、頼む。

野球帽をかぶった男の顔が大きくなる。野球帽にジャイアンツのマークが入っている。長髪で、髪の毛が襟元まで伸びている。

あっと、思わず水木が声を上げた。

「この男は？」

小田検事がきいた。

「待田勝也です。金子さやかの元夫の弟です」

「元夫の弟？」

「元夫は一昨年、亡くなっています。事故ということですが、自殺の可能性が強いのです」

「なぜ、ここにいるんでしょうか」

「偶然の可能性も否定出来ませんが、私は片瀬に金子さやかを教えるためにいたのではないかと」

たまたま、勝也も『ボストン美術館の至宝展』に来ていたということもあり得なくはない。

だが、そこまでの偶然が起こったにせよ、勝也は惨劇を目撃しているはずだ。なぜ、そのことを口にしなかったのか。

「先に進めますか」

「お願いします」

水木は答える。

ソファーから景浦仙一が立ち上がった。フードをかぶった男が追う。勝也もそばにいるはずだ。

入口近くに野球帽をかぶった男の後ろ姿が一瞬映って消えた。

「すみません」

水木は声をかけた。

「少し戻していただけますか」

勝也だろう。

「そこからお願いします。あっ、ここで止めて」

入口近くに男が映ったところで画面が止まった。

「大きくできますか」

「わかりました」

画面が大きくなった。やはり野球帽にジャイアンツのマークがある。だが、男は長髪ではなかった。勝也ではないようだ。

「これは、違いますね」

香島警部補がさっきの野球帽をかぶっていた男と違うと言った。

「ええ、違うようですね。さっきの男は長髪でしたから」

小田も応じる。

勝也ではない。しかし、あたかも片瀬のあとをついていくような行動だ。

「もうよろしいですか」

係員がきいた。

水木は礼を言って部屋を出た。

警視庁を出て、香島は複雑な表情をしていた。

「水木先生、待田勝也は今どこに？」

「ガンの手術をして去年末に退院したのですが、今また入院したそうです」

「また入院？」

「かなり進行していたようです」

「そうですか」

香島は頷いてから、

「念のために、待田勝也と片瀬の接点を調べてみます」

と、困惑した顔つきで言った。

「じつは、片瀬は習志野のアパートに毎週土曜日は帰っていなかったようなんです。本人は錦糸町のサウナやマンガ喫茶で過ごしていたというのですが、このとき、待田勝也と会っていた可能性もあります。調べていただけませんか」

「やってみましょう」

香島は忌《い》ま忌《い》ましげに言った。

その日の夜七時過ぎに、水木は帝王大付属病院に待田勝也を訪ねた。

「失礼します」

水木は声をかけてカーテンを開けた。

勝也は四人部屋の窓際のベッドに横になってテレビを観ていた。

「あなたは……」

「弁護士の水木です。すみません、ちょっと大事な話があります」

「じゃあ、面会室に」

そう言い、勝也は体を起こした。

「いったん退院したんですが、ちょっと調子が悪く、また入院です」

だいぶ痩せたようだ。ベッドから下り、点滴スタンドを持つ。

いっしょに廊下を歩き奥の面会室に向かう。

面会室には一組いるだけで、他にひとはいなかった。離れた場所で向かい合った。

「さつきさんから聞きました。いっしょに殺された男性が義姉の不倫相手だったそうですね」

勝也のほうから切り出した。

「ええ、景浦仙一さんです。ご存じではありませんでしたか」

水木は顔色を窺う。

「知りません」

勝也はあっさり答えた。

「不倫相手を捜そうとはしなかったのですか」

「そんなことしません」

「そうですか」

水木は少し間を置いて、

「事件当日、あなたはどこにいましたか」

「義姉が殺された事件のときですか。さあ、どこだったか」

「東京都美術館に行きませんでしたか」

勝也ははっとしたようになったが、すぐ穏やかな表情で、

「どうして、そう思われるのですか」

「防犯カメラの映像に野球帽をかぶったあなたが写っていました」

「……」

「いかがですか」

「そのとおりです」

勝也は認めた。

「何しに行ったのですか」

「『ボストン美術館の至宝展』ですよ」

「ひとりで?」

「もちろん、ひとりです」

「片瀬陽平といっしょではなかったのですか」

「いえ、片瀬陽平とは接点がありません。まったくの赤の他人です」

「あなたは片瀬の犯行を目撃していたはずですね」

「事件は私が至宝展の会場に入ったあと起こったので、あの場所にいましたが、私は見ていません」

「なぜ、東京都美術館にいたことを話してくれなかったのですか」

「私は事件を見ていないのです。会場を出たときは騒然としていて、現場のほうには行けませんでしたから。犠牲者の中に、義姉がいたのはあとでニュースで知ったんです。ですから、ことさら私もあの場所にいたとは言う必要もないと思ったんです」

「事件の数日前、マスコミを装って自宅に電話をし、景浦仙一の土曜日の予定をきいた男がいたそうです。あなたでは？」

水木はあえてきいた。

「景浦仙一なんて男知らないんですから、私がそんなことをするはずありません」

「そうですか」

「先生は最初は不倫相手が邪魔になった義姉を片瀬に殺させたと考えていましたね」

「そういう考え方も出来るという意味です」

「でも、今は私が片瀬に義姉と不倫相手を殺させたと考えているようですね。これも、そういう考え方が出来るという意味ですか」

「まあ、そうです」

「先生は肝心な点をおろそかにしていませんか」

「あなたの依頼でふたりを殺して、片瀬にどのようなメリットがあるか、ですね」

「そうです」

「片瀬は死刑になりたくて犯行に及んだのです。あなたは、そんな片瀬の心に巧みに入り込んだのでは？」

「そうだとすると、私にとってはこれ以上、都合のいい相手はいないということになりますね」

「……」

水木は何か違和感を覚えはじめていた。

防犯カメラの映像を見ているときから感じていた。それは、勝也が現場に来ているなら、なぜ勝也がふたりを殺さなかったのかということだ。

病気で実行する体力に自信がなかったのかとも思ったが、あの映像の動きからではそうでもないようだ。

兄の復讐という勝也の思いと死刑になりたいという片瀬の思いが合致したとも考えられるが、片瀬は死刑になりたいのではなく、死刑判決を受けたいのではないかと水木は考えている。

死刑判決を受けたあと、片瀬は何かを画策している。最初は宗像武三の件を持ち出したかったのかと思ったが、そうではないらしい。そうなると、片瀬の狙いがわからない。

また、勝也はガンに罹患していた。余命も告げられていた。罪を片瀬に押し付けたところで、勝也に未来はない。ならば、捕まることも恐ろしくないのでは……。

一方、片瀬は死刑判決を受けてしまえば、やがて確定し、死刑が執行される。それで、片瀬は満足なのか。

いや、そんなことはない。片瀬は父親の宗像武三の死刑が間違いだと思っているのだ。それなのに、片瀬は宗像武三の件を持ち出さないという。

だが、その死刑について抗議できる唯一の方法がある。死刑判決を受け、死刑が確定したあとで、その死刑判決が間違いだという事態になることだ。

そういうことはありえないと考えもしなかったが、勝也の存在がそれを可能にする。

防犯カメラの映像を見ていて、最初に覚えた違和感は、防犯カメラに写った片瀬の顔だ。わざと、自分の顔をカメラに晒していたようだ。そして、すぐフードをかぶった。フードをかぶった男は片瀬だと印象づけている。

次に、野球帽をかぶった男だ。最初は勝也だった。ところが襲撃の直前の映像では野球帽をかぶった男は勝也ではなかった。

誰か。片瀬ではなかったか。そして、フードをかぶって景浦仙一と金子さやかを殺害した人間こそ、勝也だった。

水木はこの発見に思わず深いため息をついた。

片瀬に死刑判決が出て、控訴せずに死刑が確定したあとで、勝也が自首して出る。これが、片瀬と勝也の描いたシナリオだ。

しかし、問題はある。片瀬は勝也に協力をしている。つまり、共犯だ。

あっと思った。まさに、宗像武三と仙波太一の再現だ。

「東京都美術館で、あなたは片瀬と入れ代わりましたね」

「……」

「フードをかぶった男は私だと言うのですか」

「そうです」

水木は言い切って続けた。

「片瀬はわざとカメラに顔を晒し、そのあとあわてたようにフードをかぶってカメラから離れました。このとき野球帽をかぶったあなたが写っていました。あのあと、ふたりはトイレに行き、服装を交換したのではないですか。それ以降、ときおり映るフードの男はあなたです。片瀬はその場に残っていました。犯人を演じるために現場の様子を見ておく必要があったからです」

「……」

「犯行後、あなたと片瀬は東照宮の境内に逃げ、素早くまた服装を入れ換えたのです、やがて、警察官が東照宮の石灯籠の陰で、フードをかぶったパーカーの男が血糊のついた刃物を持ってうずくまっていたのを見つけました。片瀬です」

「妄想ですよ」

勝也は冷笑を浮かべ、

「入れ代わったという証拠があるのですか。今聞いた限りでは、ロビーに野球帽をかぶった私がいたことと、フードの男が景浦仙一を追ったときに見えた野球帽の男が私ではなかった。それだけのことで、私と片瀬が入れ代わったと考えたとしたら、とんでもない飛躍じゃないですか」

「確かにあなたの仰るとおりです。しかし、状況などを考えれば……」

「お言葉ですが、私と片瀬とは繋がりはないんです。まったくの赤の他人です。仮に百歩譲って私たちが知り合いだったとしても、片瀬にとってどんなメリットがあるんですか。死刑になって死ぬということですか。でも、いつ心変わりするかもしれません。裁判になって、急に自分はやっていないと言い出さないとも限りません。死刑判決を受けて死刑が執行されるまで、いつ片瀬が心変わりするか、その不安に苛《さいな》まれて生きて行かなければならないんです。そんな相手に自分の運命を託せませんよ」

「それはあなたが健康な場合の考えでは？」

「……」

「以前、片瀬陽平は私を弁護人から解任しようとしました。新しい弁護人になれば、裁判の開始は大幅に遅れると言うと、片瀬は困惑し、結局解任しませんでした」

「……」

「そのときもなぜなのかと思いましたが、あなたのことを考えれば……」

水木はあとの言葉を呑んだ。

「私の余命ですか」

「すみません、配慮が足りず」

水木は謝った。

「失礼ついでに言わせていただければ、あなたは死刑が確定したあと名乗り出て、片瀬を救うつもりでいた……」

「ばかばかしい。それで、片瀬は何を得るというのですか。実際に手を下していなくとも、共犯には変わりありません」

「死刑になった片瀬の父親も同じような状況でした。自分を同じような立場にして父親の死刑判決を批判したいのかもしれません」

「どうでしょうか」

勝也は冷やかに言う。

「私は警察官ではありません。犯罪を暴くことが目的ではありません。ただ、真実が知りたいのです」

「真実はいずれわかるんじゃないですか」

廊下に足音がし、看護師が顔を出し、面会時間の終了を告げた。

水木はもっと話がしたかったが、諦めて立ち上がった。

3

その夜、松戸の自宅に帰ったのは十一時近かった。

真っ先に仏壇に行き、信子の位牌に手を合わせる。

「なんだかとんでもないことになったよ」

水木は愚痴をこぼした。他人に決して弱みは見せなかったが、信子にはときたま弱音を吐いた。

そんなときでも信子は何も言わなかった。ただ、愚痴を黙って聞いてくれただけだった。それだけで、水木は元気になった。

位牌に語りかけていくうちに、水木は考えに没頭していった。

片瀬の狙いだ。死刑判決を受けることが目的であることはもはや間違いない。

逮捕直後、片瀬は水木にこう訴えた。

「父親が死刑囚だとしても、私は犯罪者じゃない。でも、この社会では差別されるのです。自分は何も悪くないのに死ぬ以外にないんです。でも、自分で死ななければならないのは理不尽です。社会が私を邪魔にしているなら社会が私を抹殺すべきです。社会にその機能がない以上、国家が代わって私を殺すのが筋だと思います」

通り魔事件を起こした動機をそう語った。だが、その言葉は嘘なのだ。

ほんとうに死刑を望んでいるならもっとひとを殺したはずだ。あとひとり殺していたら死刑判決を受ける確率はさらに高くなったはずだ。

だが、ふたりしか殺さなかった。いや、殺す相手はふたりしかいなかったのだ。さらに、水木の考えでは、景浦仙一と金子さやかを殺害したのは片瀬ではなく勝也なのだ。

そう考えれば、片瀬は死刑になりたかったわけではなく、死刑判決を得たいだけだとわかる。

死刑が確定したあと、片瀬は何かを企んでいる。それは、勝也の自首ではないか。

余命いくばくもない彼は兄の復讐とともに片瀬の境遇に同情して今回の企みに加担したのだ。

勝也の自首によって、片瀬が実行犯でないことがわかる。しかし、実行犯ではないが、片瀬も共犯だ。それも積極的に殺人に関わっている。

死刑にしてはいけない人間に死刑判決を下したという抗議が成り立つだろうか。片瀬も勝也と同罪だと思われれば、死刑判決の過ちという衝撃は割り引かれるのではないか。

それでは片瀬が思い描いた効果は発揮できないはずだ。

死刑にしてはいけない人間に死刑判決を下したことを強調するためには、片瀬が勝也の犯行に手を貸してはだめなのだ。

しかし、現実には片瀬は手を貸している。それは動かしがたい事実だ。これでは死刑確定後に、勝也が自首してでても、片瀬の狙いは見込み違いになるのではないか。

片瀬が復讐に手を貸したのは脅されてやむなくやったというならともかく、今のままでは……。

その瞬間、全身に電流が走ったような衝撃を受けた。

そうだ。片瀬は死刑判決が確定したあと、自分は待田勝也に脅されて犯人になって死刑になるように命じられたと訴えるつもりだったのではないか。その訴えによって警察が勝也を調べると、勝也はそのことをあっさり認める。

（脅されてやむなくやった……）

これなら、死刑にしてはいけない人間に死刑判決を下した裁判ということを強調出来る。これに間違いないと思ったが、またしても考えに行き詰まった。

片瀬にそこまで脅されるものがあるのか。死刑囚の子どもとして社会から冷遇されてきた片瀬にまだ守らなければならないものがあったのか。

「信子、なんだと思う?」

水木は位牌に語りかけた。

「俺だったら何を言われたら、犯行に手を貸してしまうかな」

水木は考えながら、

「やはり、家族だろうな。信子に危害が及びそうになったら俺は脅しに屈してしまうな。俺たちには子どもが出来なかったから、やはり信子が……」

水木はそこで思考が止まった。

まさかと思った。片瀬は毎週土曜日の夜はアパートにいなかった。片瀬は恋人のところに泊まりに行っていたのではないか。

死刑囚の子だからという理由で、片瀬は婚約破棄になったことがあったというが、その後、片瀬に恋人が出来たのではないか。

その恋人に、片瀬は死刑囚の子だと告げられることを恐れた……。しかし、恋人との仲を守るためだとしても、片瀬は捕まったあと、死刑囚の子であることを隠しもせず、かえって自ら口にしている。

そのことは脅しの理由にはならない。

脅しの中身はともかく、片瀬には恋人がいたのではないか。その恋人を捜し出せれば何かわかる。そんな気がした。

翌朝、水木は紺野啓介の会社に電話をした。警察を定年退職後に働き出した運送会社である。

「今、だいじょうぶですか」

「ええ。だいじょうぶです」

「金子さやかの相手がわかりました」

水木は紺野の顎の尖った顔を思い描きながら切り出した。

「ほんとうですか」

「いっしょに殺された景浦仙一でした」

「まさか」

景浦仙一だとわかった経緯を話して、

「それより、もっと驚くべきことがわかりました」

と、東京都美術館での片瀬と待田勝也とのことを話した。

「信じられません」

紺野は驚いたように言う。

「じつは紺野さんにまた調べてもらいたいことがあるんです」

「いいですよ。なんでしょうか」

「片瀬が毎週土曜日、アパートにいなかった件です。片瀬は錦糸町のサウナやマンガ喫茶で過ごしていたと言いますが、ひょっとして片瀬に恋人がいたのではないかと思うのです」

「恋人ですか。毎週土曜日、どこかで泊まっていたとなると恋人の部屋と考えたほうが自然ですね」

「ええ、捜していただけませんか」

「そういえば、片瀬の生活圏を探っていて、それらしき情報がありました」

「ほんとうですか」

「ええ、アルバイト先でいっしょだった女性と仲がよかったそうです。でも、その女性はだいぶ前にやめたというのでそのままになっていました。もしかしたら、その女性かもしれません。これから、千葉まで行って確かめてきます」

「これから？」

「仕事のほうは私がいなくても問題ありません。何かあったら私の出番になりますが」

　紺野は積極的に言い電話を切った。

　夕方になって小田検事から電話があり、片瀬陽平の公訴事件に対して検察と警察が対応を協議していると話した。

今日明日にでも、警察が待田勝也に事情をききに行くということになった。その結果によっては、検察は公訴を取り下げるか検討することになるという。

電話を切ったあと、水木は複雑な思いにとらわれた。

もはや、裁判は片瀬陽平が思い描くようには進まないだろう。公訴を取り下げなくとも裁判の延期は避けられない。

死刑判決が確定したあとに、改めて無実を訴え、そして待田勝也が犯行を認めるというシナリオは裁判の延期によって破綻《はたん》を来す可能性が高い。

勝也の余命の問題だ。勝也が生きている間に死刑判決が確定しなければ、片瀬と勝也の企みは失敗に終わるのだ。

おそらく、最後は片瀬は脅されて犯行に加担させられただけということで無実、あるいは大幅に情状酌量を認められる。一方、勝也は兄の復讐を果たし、罪を認めて人生に幕を閉じる。

片瀬は死刑判決の危うさを裁判を通して訴え、父宗像武三の死刑にも抗議をするつもりだったのだろう。

ふと気付くと携帯が鳴っていた。水木はあわてて携帯を取りだした。紺野からだった。

「片瀬の恋人がわかりました。森内《もりうち》はるか二十六歳です。これから本人にあって確かめようと思いますが……」

「待ってください。私も行きます」

「わかりました」

「場所はどこですか」

「船橋です」

「船橋？」

「何か」

「いえ、ではＪＲ船橋駅の改札で六時に」

「わかりました」

電話を切ってから、

「これから船橋まで行ってきます」

と、裕子に言う。

「わかりました。あっ、先生。夕飯の支度をしておきますから」

「ありがとう」

水木は微笑んで、鞄を持って事務所を出た。

船橋駅は帰宅の通勤客でごった返していたが、紺野とはすぐ会うことが出来た。

「京成《けいせい》船橋駅の向こう側です」

紺野は言いながら駅ビルを出た。

「よくわかりましたね」

「ええ、片瀬のアルバイト先で森内はるかの名前を聞いたところ、彼女の同期だったアルバイトの女性が住まいを知っていたんです」

紺野は通行人を避けながら話す。

「で、森内はるかのマンションの隣の部屋の住人にきいたら、去年の秋ごろまで毎週土曜日に男が訪ねてきていたと話していました。人相は片瀬に似てました」

「間違いないようですね」

「ええ。今は母親らしい女性といっしょに住んでいるそうです」

「母親と？」

「片瀬があんなことになったあと、母親と住みはじめたようです」

「そうですか」

裏道に入ってようやく古いマンションの前にやって来た。エレベーターの横に階段があった。

「ここの二階です」

紺野が先に立って階段を上がった。

二階の一番奥の部屋の前に立った。

紺野がチャイムを鳴らす。すぐ若い声で応答があった。

「すみません。私、弁護士の水木と申します。片瀬陽平さんのことで……」

しばらくして、扉が少しだけ開いた。ドアチェーンがかかっている。

可愛らしい丸顔の若い女性が顔を覗かせた。

「弁護士の水木です。片瀬陽平さんの弁護人をしています。森内はるかさんですね」

「はい」

「片瀬陽平さんをご存じでしょうか」

「はい」

「片瀬さんのことでお話をお伺いしたいのですが」

「はるか、お客さんなの？」

奥から母親らしい女の声がした。

「そうよ」

はるかは奥に向かって答えてからいったん扉を閉め、ドアチェーンを外した。

「どうぞ」

扉を開けて、はるかが招じた。

「すみません」

礼を言い、ふたりは三和土《たたき》に入った。すぐ台所で板の間にテーブルと椅子が二脚あった。テーブルの上に、食器が出ている。

「お食事中でしたか」

水木はきく。

「もう済みました」

「すみません、お忙しい時間にお邪魔しまして」

水木は立ったまま、

「失礼ですが、あなたと片瀬陽平さんはどのようなご関係で?」

と、尋ねた。

「その前に、私のことをどうして知ったのですか。まさか、陽平さんが?」

はるかはきいた。

「いえ、片瀬くんのアルバイト先で」

脇から紺野が口をはさむ。

「ああ」

はるかは思い当たることがあったのか頷いた。

「あなたは片瀬くんとは親しいおつきあいをなさっているのですね」

「はい」

「彼が今、どういう状況に追い込まれているのかご存じですね」

水木は確かめる。

「知っています。事件のあと、テレビのワイドショーで連日扱われていましたから」

「あなたはどう思いますか」

「どう思うかとおっしゃいますと？」

「ほんとうに片瀬くんが事件を起こしたのかどうか」

「わかりません」

はるかは首を横に振ってから、

「陽平さん、お元気でしょうか」

「元気です」

「そうですか」

はるかはほっとしたように頬を緩《ゆる》めた。

「彼の面会には行きましたか」

「いえ」

奥から母親が出てきた。

「お母さんですか」

「上がってもらったら」

水木は声をかける。

「はい。母です」

「どうぞ、お上がりください」

母親がまた言う。

「いえ、すぐ引き上げますから」

水木は母親に礼を言い、再びはるかに向かい、

「どうして面会に行かないのですか」

「そんなことしたら、マスコミが私のところにも押しかけます」

「そうですね」

水木は納得して、質問を変えた。

「あなたは待田勝也というひとをご存じですか」

「……」

一瞬、はるかの表情が強張った。

「いえ、知りません」

はるかは嘘をついている。水木はそう思った。

「片瀬くんが事件を起こしたとき、待田勝也は現場にいたのです。どうやら、片瀬くんと待田勝也は顔見知りのようなんです」

「知りません」

「そうですか」

水木は、はるかがだぶだぶの服だということにふと気がついた。

「失礼ですが、お腹に？」

水木ははるかの顔を見た。あわててはるかはお腹に手を当てた。

「ひょっとして、片瀬くんの？」

「……」

「産婦人科はどこですか」

水木は帝王大付属病院のロビーで妊婦を見かけたことを思いだした。

「はるかさん、教えていただけませんか」

「……」

はるかは言い渋っている。

「帝王大付属病院ですね」

はじかれたように、はるかは顔を上げた。

4

森内はるかの部屋を辞去した水木は紺野と別れ、ひとりで帝王大付属病院に行き、待田勝也と会った。

面会室で差し向かいになった。

「今、森内はるかさんに会ってきた帰りです」

頬がこけた顔の目を剝いて、勝也は水木を睨みつけた。

「森内はるかさんをご存じのようですね」

「知りません」

勝也は否定した。

「森内はるかさんは妊娠していました。ここの産婦人科に通われているようです。お腹の子の父親は片瀬陽平です」

「……」

「あなたと片瀬との接点はここだったのではないですか」

「産婦人科とは階が違いますから」

勝也が口にするが弱々しい。

「あなたはここで片瀬とはるかに出会い親しくなった。そして、今回の計画を考えた。違いますか」

「昼間、上野中央署の香島警部補がやって来ました。景浦仙一と金子さやかが通り魔に殺された事件で話を聞きたいと……」

「そうですか」

「警察はまだ何もわかっていないようでしたから、私が否定したらそれ以上は追及してきませんでした。でも、水木先生をこれ以上ごまかすのは無理のようです。それより、私のほうの事情も変わりました」

「事情？」

「検査の結果、予想以上に悪化していましてね。あと数カ月は持つかと思っていたのですが、どうもそれが無理なようなんです」

「……」

「片瀬くんに罪をなすりつけ、自分は助かろうとしたのですが、結局罰が当たったようです」

「罪を認めるのですか」

「はい」

勝也は頷き、

「先生。これから私が話すことが真実です。同じことを警察にも言います。よろしいですか」

「録音させていただいてよろしいですか」

「かまいません」

レコーダーをセットして、水木は勝也の告白を待った。さっきまでいたふたり組も引き上げ、面会室はふたりきりになった。

「去年の九月、この病院で検査の結果を聞きました。まさか、自分がガンに罹っていたなんて想像さえしていませんでした。病院の庭のベンチで私は自分の運命を呪っていると、隣のベンチに若い男女が重苦しい雰囲気で座っていました。話が聞こえてきたら、籍を入れなければわからないからと、男が女に言ってました。気になって声をかけたんです。私がガンを宣告されたばかりだと知って同情し気を許したのでしょう。すべてを話してくれたんです」

勝也は息継ぎをして続ける。

「片瀬陽平は死刑囚の子どもとして社会から虐げられた生活を送ってきた。でもようやく自分を理解してくれる女性に巡り合った。そして、きょう妊娠がわかった。でも、自分の子だと世間に知れたら死刑囚の孫として世間から阻害されるかもしれない。だから、籍を入れずに産もうと説き伏せていると言いました。皮肉なものです。子どもが出来たから、夫婦になれないんですからね」

勝也は口許を歪めて笑い、

「そのころ、私は兄が義姉の不倫に悩んだ末に自殺したことを知っていました。兄が打ち明けたんですよ。相手は東欧大学の景浦仙一という教授だと言ってました。兄が自分で調べたんです。死んだ日の夜も私に電話がかかってきました。ずいぶん酔っているようだけどどうしたの、ときいたらさやかは景浦仙一と旅行をしていると言いました。義姉は兄をすっかりなめきっていたんです」

勝也は悔しそうに言い、

「兄が死んですぐ義姉は籍を抜きました。これで大いばりで男と会えると思ったのでしょう。男のほうには家庭がありますが、義姉が自由になったことは間違いありません。そんな義姉に殺意を抱くまで時間はかかりませんでした。でも、ふたりを殺しても、自分が捕まってはなにもならない。そんなことを考えているときに出会ったのが片瀬陽平でした」

水木は黙って勝也の話を聞いている。

「あるとき、悪魔が囁きました。片瀬にふたりを殺させようと。もし、言うことをきかなければ、森内はるかの子どもの父親は死刑囚の子の片瀬陽平だとネットの掲示板に載せると。これに、片瀬は屈しました。自分の子には何の罪もない。それなのに、自分と同じような運命を歩ませるわけにはいかない。そう言って、私の要請を引き受けてくれました。ただ、彼はこう哀願した。自分は何の関係もない人間を殺せない。自分が罪を背負《せお》うからひと殺しだけは許してくれと。私も兄の復讐は自分の手でやりたかったのでそれを聞き入れたんです」

勝也は大きく深呼吸をして、

「景浦仙一の家に電話をして東京都美術館に行く予定をきいたのは私です。それから、片瀬に凶器の刃物を買わせ、当日いっしょに東京都美術館に行き、ロビーでふたりを待っていたのです。最初は私が野球帽をかぶり、片瀬がフードつきのパーカーを。そして、片瀬が防犯カメラに顔を晒したあと、トイレで服を交換しました」

そのときの光景を思いだすかのように目を閉じ、

「ソファーから景浦仙一が立ち上がったとき、私は景浦を追いました。自動扉の外に義姉を見つけて、ためらわず景浦を襲い、その直後警備員がやって来たので刃物を振り回して脅し、すぐ義姉を襲いました。あとは夢中で刃物を振り回して近くにいた男を牽制し、東照宮に逃げ、ついてきた片瀬に着ていたパーカーと刃物を渡し、私はその場から逃げました。すべてうまくいったと思いました。でも、悪いことは出来ないものです。事件から数日後の手術でガンはすべてをとりきれなかった。その時点で余命半年から一年と言われました」

勝也は暗い顔になって、

「片瀬は私の罪を見事に背負い、それ以上に死刑になりたいから犯行に及んだと言い通しました。彼は生まれてくる我が子を守るために自分を犠牲にしたのです。

でも、私の余命はあとわずか。水木先生は真相に迫っている。だったら、死ぬ前に真実を打ち明けるべきだと思ったのです」

勝也は疲れたようにため息をついた。

「あなたが今話したことが真実だと証明出来ますか。片瀬を救おうとして嘘の証言をしたと指摘されたら答えられますか」

勝也は頷きながら、

「先生も防犯カメラの画像はご覧になりましたよね」

「見ました」

「片瀬が防犯カメラに顔を晒したあとのパーカーの男の動きを見直してください。ときたま肩をまわしています。そのとき、手の甲をカメラに向けているはずです」

水木は映像を思いだした。さして、気にしていなかったが、確かにそうだった。

「よく見れば、手の甲に痣があるはずです。これと同じ」

そう言って、勝也は手の甲を見せた。一センチ四方の痣があった。

「あのフードをかぶったパーカーの男が私だという証拠になりませんか」

「あなたは、このときのためにわざと？」

「違います。ただ、景浦仙一と義姉を殺したのは私だという痕跡をどこかに残しておきたかったのです。兄の復讐をしたという証《あかし》を……」

「あなたはほんとうは……」

「待ってください」

勝也は水木の言葉を制した。

「ここで録音を止めていただけますか」

水木は勝也の真意を察し、

「わかりました」

と、録音を停止した。

「水木先生、どうか片瀬をよろしくお願いいたします」

「やはり、片瀬の死刑判決が確定したあとに、あなたが名乗って出る手筈《てはず》だったのですね。森内はるかの子どもの父親は死刑囚の子の片瀬陽平だとネットの掲示板に載せるとの脅しがなければ片瀬は共犯になってしまいますからね」

「彼は脅されて、いやいややったのです」

「ひと殺しの手伝いをした片瀬に罪を償わせなくてもよいと思っているのですか」

「ずっと地獄の責め苦に遭ってきた彼に、これ以上どんな罪を与えろというんですか」

「……」

「先生。片瀬くんに伝えていただけませんか。予定より早く私は逝《い》きそうだと。計算を狂わせてしまったことを詫びると」

「わかりました」

複雑な思いで、水木は応じた。

「景浦仙一の家族にもお詫びをしたいのですが、不倫のことが明らかにされることとは死者を鞭《むち》打つことになるでしょうか」

「折りを見て、話しておきます」

「これで安心しました。さつきさんにもお詫びを」

勝也はほっとしたように笑みを漂《ただよ》わせた。

翌日、拘置所に出向き、水木は片瀬と接見した。

「片瀬くん。きのう、森内はるかさんにお会いしました」

「えっ」

片瀬は口を半開きにして茫然としていた。予想外のことだったようだ。

「お腹に君の子どもがいるんだね」

「……」

片瀬は口を開き喘《あえ》ぐが、声にならない。

「待田勝也さんに会って確かめました。待田勝也はすべて話してくれました」

「何をですか」

「待田さんは病状が急に悪化したそうです。予定より早く逝きそうだ、計算を狂わせてしまったことを詫びる。そう君に伝えてくれと……」

「待田さん、そんなに悪いんですか」

「そのようです。だから、君を脅して罪を着せたことを打ち明けてくれました」

片瀬は顔を天井に向けた。しばらく上を向いていたが、顔を戻したときには目尻が濡れていた。

「私は脅されたわけじゃありません。先生のお考えどおりです。死刑判決を得て、死刑が確定したあとに待田さんが自首してくることになっていたんです。死刑判決がいかに真実とかけ離れているかを訴え、私の父宗像武三の死刑も間違いだったことを訴えたかったのです。それ以上に訴えたかったのは、加害者家族の悲惨さです。私は死刑囚の子どもとして、偏見から社会で差別され、地獄に追いやられました」

片瀬は声を震わせて、

「今度は私の子どもが同じ目に遭うかもしれません。いつ、どんな場面で子どもの父親のことがわかってしまうかもしれません。そしたら、死刑囚の孫、社会の落伍者の子どもという烙印が一生ついてまわります」

片瀬は荒い息を深呼吸して鎮め、

「森内はるかの子どもの父親は死刑囚の子の片瀬陽平だとネットの掲示板に載せると脅されて犯行に加担したのも、ネットに晒されたらまともな人生を送れなくなる。だから、言うことをきくしかなかったと訴えたかったのです。ネットがいけないと言っているのではありません。偏見を持っている世間のひとたちに訴えたかったのです。死刑囚の子どもだとしても私に何の罪があるのでしょうか。まして や、私の子どもには何の罪もないはずです。私は自分の子どもを守るために、待田さんと手を組んで今回の犯行に及んだのです」

「片瀬くん」

水木は口をはさむ。

「待田さんは、自分が助かりたいから、子どものことをネットの掲示板に載せると脅して罪を君に背負わせたと言っているのだ。君は脅されて止むなく犯行に加担したのだ。そして、生まれてくる子どものために父親である自分がいなくなるほうがいい。そう思って死刑を望んだのだ」

「違います。私は子どものためにも生きていたかった。籍を入れ、自分の子だと堂々としてふつうの暮らしをしていきたかったのです。そのために、待田さんは死刑判決が確定したあと自首してくれることに……」

「そうじゃない。待田さんはガンに罹っても手術すれば助かると思っていたんだ。だから、兄の復讐をしても自分は捕まりたくなかった。そこで、たまたま病院で知り合った君を利用することを思いついたのだ」

「待田さんは私のためにいっしょに計画を練ってくれたのです」

「彼はそんなことは言ってなかった。あくまでも君に罪を押し付け、自分は助かろうとした。ところが、待田さんの病状は思った以上に悪化し、余命いくばくもなくなった。そうなって、彼は良心の呵責《かしやく》に耐えきれず真実を打ち明ける気になったのだ」

片瀬を説き伏せようと、水木は強い口調になっていた。

「片瀬くん。生まれてくる子には父親である君が傍にいることが大事だ。待田さんと共犯なら罪を受けなければならない。あくまでも君は脅されて、待田さんの命令に従っただけなのだ」

「先生」

「それが待田さんの望みだ。彼は私にそのことを託したのだ。死んでいく者の最期の願いを聞いてあげるのだ。君に死刑判決が出るまで持たないと、彼は悟ったのだ。そのことを謝ってくれとも言っていた」

「そんな」

片瀬は俯いた。

「いいかね。君には待っている人がいるんだ。森内はるかさんと生まれてくる子どもだ。ふたりのためにも君はこれから闘っていくのだ」

「……」

「警察・検察は待田勝也の自白を受けて再捜査をすることになる。君の裁判は、検察側が公訴の取り消しを求めようとするかもしれない。だが、私はそれをさせないように訴える。君の裁判を開かせる。この裁判はマスコミの関心を呼ぶはずだ。裁判には大勢のマスコミが傍聴する。そこで、裁判員やたくさんのマスコミの前で君の思いの丈《たけ》を訴えるのだ。死刑判決が出たあとではないが、君の思いはマスコミを通して世間に伝わるはずだ」

「先生……」

片瀬は何かを言おうとしたが言葉にならず、ただ嗚咽を堪《こら》えるばかりだった。

片瀬がこれほど明るい気持ちになったのははじめてのことだった。

アルバイト先でいっしょに働いていた森内はるかと親しくなっても、そのときめきの裏で常に暗い影に怯《おび》えていた。

はるかには最初から自分は死刑囚の子であると知らせてあった。はるかはそんなことあなたには関係ないと言ってくれた。だが、きっと何らかの邪魔が入る。そう思っていた。

自分には喜びのあとには地獄が待っている。あるとき、はるかが具合がよくなさそうなので病院に付き添った。すると妊娠していることがわかった。

はるかの喜ぶ顔を見て、片瀬が喜んだのは一瞬で、すぐに胸が引き裂かれそうになった。死刑囚の子の子だ。死刑囚の孫だという幻聴が片瀬の身を震わせた。

病院の庭のベンチに座って、

「堕《お》ろそう」

と、片瀬は思い詰めた目で言った。

「えっ、今何て言ったの？」

はるかが青ざめた顔できく。

「俺の子はきっと不幸になる。俺と同じ目に遭わせるのは可哀そうだ」

「いや。ぜったいに産むわ。私と陽平さんの子よ。生まれてくる子には罪はないわ」

「俺にだって罪はなかった。それなのにずっと差別されてきた。生まれてくる子もそうだ。いつか必ず誰かが俺のことを調べ、死刑囚の孫だと言う。ネットに載ったらもうおしまいだ。一生ついてまわる」

片瀬は大きくため息をついて、

「それでも産みたいのなら、俺のことを隠そう」

「隠す？」

「俺たちが籍を入れなければ、子どもの父親はわからない」

「そんな」

はるかはわななないた。

「どうして私たちは結婚しちゃいけないの。子どもの父親、母親として三人で堂堂と生きていけないの」

「世間は許してくれないんだ。死刑囚の子はひっそりと世間の片隅で生きていくしかない。それが今の社会なんだ。そんな社会に子どもを放り込むなら俺の存在を消すしかない」

「それしかない」

片瀬は理不尽さに悔し涙があふれた。

そのとき、声をかけてきたのが待田勝也だった。近くにいるのに静かだったのでまったく気づかなかった。聞けば、ガンの宣告を受けて、気持ちの整理をしていたということだった。

骨にまで転移をし、ステージ4だという。そう聞いたせいか、お互いの傷を舐めあうような付き合いがはじまった。

そしてあるとき、待田勝也がその話をしだした。

「俺は余命一年ないらしい。兄の無念を晴らすつもりだ。義姉と不倫相手を殺す」

「本気なんですか」

片瀬は驚いてきき返した。

「本気だ。ところで、俺の考えをきいてくれ」

そう言って、話しはじめたのが今度の犯罪計画だった。

「君は死刑判決を受けるのだ。そして、控訴せず死刑を確定させる。そしたら、俺が自首して出る。君は俺に脅されて言うままにしたがったと訴えるのだ。子どものことをネットの掲示板に載せると脅されたと訴えるのだ。これは世間に対する挑戦だ」

待田勝也の話に片瀬は乗った。自分の子を守るにはこれしかないと思った。

勝也とは事件の直後、東照宮の境内でフードつきのパーカーを受け取って別れて以来、一度も会っていない。

予想よりだいぶ早く死期が迫っているとなると、このまま会わず仕舞《じま》いになってしまう。会って礼を言いたい。

待田さん、まだ元気でいてくれと、片瀬は祈った。

数日後、警察は病院内で待田勝也を取り調べた。

勝也の供述は防犯カメラの映像とほとんど一致し、勝也の供述の信憑性は高く、景浦仙一の自宅にマスコミを装って電話をしたことも携帯の履歴から確認され、景浦仙一と金子さやか殺しは待田勝也の犯行に間違いないと、警察は逮捕状をとった。

しかし、その頃、勝也は衰弱が激しくベッドから起き上がれなくなっていた。それでも、勝也はベッドで警察や検察の取り調べに応じて素直になんでも答えた。そんななかで、子どものことをネットの掲示板に載せると言って片瀬を脅したことを何度も口にしていた。

勝也の最期を看取ったのは彼の老いた両親と水木、そして森内はるかだった。

翌日、水木は東京拘置所に片瀬を訪ねた。

接見室で待っていると、片瀬がやって来た。

「片瀬くん」

水木はおごそかな口調で切り出した。

「昨日、待田勝也が亡くなった」

「待田さんが……」

はっとしたように目を剝き、やがて肩を落とし俯いた。その肩が小刻みに震えだした。嗚咽を堪えていた。

やがて長い間泣いて、やっと顔をあげた。

「すみません、取り乱して」

「いや」

水木は首を横に振り、

「最期を森内はるかさんも看取りました」

と、付け加えた。

「そうですか。よかった」

「母子とも健康だそうです。はるかさんから安心してとの言伝《ことづ》てです」

「はい」

やっと片瀬の顔に笑みが浮かんだ。

「いよいよ裁判がはじまります。マスコミの関心も高いようです。生まれてくる子どものためにも加害者家族への偏見が間違っていることを訴えてください」

「私以外にも苦しんでいる加害者家族はたくさんいます。その人たちのためにも私は訴えます」

「被告人質問で、私は宗像武三の死刑の疑問にも触れるつもりです。待田勝也さんが見ています。悔いのないように裁判に立ち向かいましょう」

「はい」

「では、また」

水木が立ち上がったとき、

「先生」

と、片瀬が呼び止めた。

「何かね」

「ほんとうにありがとうございました。私はずっと弁護士は信用できないと思っていました。でも、それこそ私の偏見だとわかりました」

「そう」

水木は笑顔を返した。

久しぶりに清々しい気持ちで、水木は拘置所をあとにした。

その日の夕方、東京地検の笹村検事が事務所にやって来た。

執務室の応接セットで向かい合った。

「水木先生、ちょっとお伺いしたいことがあります」

どこか顔つきも固い。何か挑むような気迫も感じられた。

「なんですか」

水木は穏やかに応じる。

「片瀬陽平のことです」

水木は頷いて質問を待った。

「水木先生は、片瀬は死刑判決を得るのが目的ではないかと仰っていました。死刑判決を得たあと、何をするつもりだったのでしょうか」

「私の読み違いでした」

「読み違い？」

「ええ。片瀬はほんとうに死刑になりたかったんだと思います」

「子どもが生まれるのにですか」

「子どものためにも自分がいなくなったほうがいいと思ったのでしょう」

「しかし、矛盾が生じませんか」

「矛盾？」

「もし、ほんとうに死刑になったら、子どもは片瀬と同じ死刑囚の子になってしまうではありませんか」

「しかし、本人がいなければ、生まれてくる子どもと片瀬を結びつけることはないのでは？」

「……」

「なにか疑問でも？」

「じつは待田勝也は事件の前に、すでに余命一年もないと言われていたという話を聞きました。もしそうだとしたら、片瀬に罪を押し付けたとしても自分だって先行きがないのなら、そこまでする必要はないのではと」

「待田勝也は手術をすれば助かると思っていたんですよ。もっと長生きがね」

「そうですか」

「納得がいかないようだね」

「いえ。そうではないんです。待田勝也は最初からどこかのタイミングで自首して出るつもりだったのではないかと思ったんです。それこそ、死刑判決が出たあとに」

「なるほど。面白い見方だ。だが、残念ながら違う」

「そうですか。いえ、わかりました。これですっきりしました」

「すっきりした？　今の説明で納得したのかね」

「いいえ、納得の問題ではありません。ただ、水木先生が明確にお答えになった。そのことだけでいいのです」

「そうか」

笹村は真実を見抜いている。だが、水木の考えを尊重しようとしているのだ。

笹村がにっこり笑って引き上げた。

そのいたずらっぽい笑顔が父親にそっくりだと、水木は亡き友人を思い出していた。

この作品は二〇一八年六月小社より刊行されました。

双葉文庫

こ-02-32

罪《つみ》なき子《こ》

2021年6月13日　第1刷発行

【著者】
小杉健治《こすぎけんじ》
©Kenji Kosugi 2021
【発行者】
箕浦克史
【発行所】
株式会社双葉社
〒162-8540 東京都新宿区東五軒町3番28号
［電話］03-5261-4818（営業）　03-5261-4840（編集）
www.futabasha.co.jp（双葉社の書籍・コミックが買えます）
【印刷所】
大日本印刷株式会社
【製本所】
大日本印刷株式会社
【カバー印刷】
株式会社久栄社
【DTP】
株式会社ビーワークス

【フォーマット・デザイン】
日下潤一



ISBN978-4-575-52474-1 C0193
Printed in Japan